Quantensprung

Petra Knapp

Quantensprung

Eine Liebesgeschichte

Bibliografische Information der Deutschen Nationalbibliothek:
Die Deutsche Nationalbibliothek verzeichnet diese Publikation in der Deutschen Nationalbibliografie;
detaillierte bibliografische Daten sind im Internet über
http://dnb.d-nb.de abrufbar.

Satz, Umschlaggestaltung, Herstellung und Verlag: BoD – Books on Demand
ISBN: 978-3-7357-7625-9

Inhalt

Dienstag, 3. September

Malte

Blöde Situation. Nun ja – es ist wie es ist. Im Training habe ich gelernt, die Gesamtsituation ruhig zu überblicken und geistigen Frieden einkehren zu lassen. Dann kann man aus allem etwas Positives machen, es kommt bloß darauf an, nach vorne zu sehen. Sich zu fragen, was will ich erreichen. Aber was will ich erreichen? Ich weiß es nicht. Ich brauche Laura, ich liebe Laura. Und ich liebe Bea. Und wer behauptet, dass ein Mann nicht zwei Frauen lieben kann, der weiß nichts von der Wirklichkeit. Gar nichts. Und geistiger Friede – ach, von Frieden keine Rede.

Ich finde keine Lösung. Ich brauche Zeit. Und Laura gibt mir keine Zeit. Laura dreht durch. Wenn sie wieder versucht, sich umzubringen, das nächste Mal – nein, es darf kein nächstes Mal geben. Aber ich kann sie auch nicht einliefern lassen. Erstens überhaupt, es wäre das Ende für uns. Außerdem würde sie leugnen, dass sie es vorhatte, würde behaupten, es sei ein Versehen gewesen.

Das Schlimmste war, wie sie mich angeguckt hat. So unfassbar verletzt. Dieser Blick, und das Blut. Sie voller Blut und der Boden blutig. Und Scherben. Wenn es mit uns überhaupt weitergehen soll, muss sie mir vergeben. Und nicht mehr so darunter leiden. Ja – das ist die Idee. Sie muss sich behandeln lassen. Kurt! Der hat eine Weiterbildung in moderner Traumatherapie gemacht. Und sie mag ihn. Allerdings – er selbst darf sie nicht behandeln, wegen des ärztlichen Abstinenzgebots. Aber wenigstens wird er jemanden wissen, einen guten Traumatherapeuten.

Laura

»Schrader. Guten Tag.«

»Guten Tag, Frau Schrader. Hier ist Laura.«

»Laura! Laura Neumann?«

»Ja. Das heißt, inzwischen hab ich geheiratet. Jetzt heiße ich anders. Schön, dass Sie sich an mich erinnern.«

»Schön, deine – entschuldigen Sie, schön, Ihre Stimme zu hören.«

Ich freue mich über das versehentliche Du. Sie war meine Lieblingslehrerin.

»Wie heißen Sie jetzt?«

»Salburg. Wie geht es Ihnen, Frau Schrader?«

»Danke, gut. Ich bin ja jetzt pensioniert, so habe ich Zeit. Und ich bin gesund, was in meinem Alter nicht selbstverständlich ist. Und Sie, Frau Salburg? Wie geht es Ihnen?«

Frau Salburg, ach ja. Laura und du wäre mir lieber.

»Nicht so gut. Ich würde Sie gern sehen, einmal mit Ihnen sprechen.« Eigentlich hatte ich mir andere Sätze zurechtgedrechselt, um Ute Schrader um ein Gespräch zu bitten, höflichere, umständlichere.

»Ja. Kommen Sie zu mir. Wann haben Sie Zeit?«

Mittwoch, 4. September

Malte

Das Café ist um diese frühe Zeit fast leer. Kurt ist noch nicht da. Ich suche mir einen Platz weit von dem einzigen anderen besetzten Tisch entfernt, mit Blick auf die Tür. Auf Kurt ist Verlass. Unsere Freundschaft ist das Beste aus meiner Zeit als Arzt im Praktikum. Eigentlich sollten wir uns öfter sehen. Nicht bloß ein-, zweimal im Jahr in die Berge gehen und beim Aikido. Und danach, wenn wir dann noch etwas trinken gehen, nicht bloß über Berufliches reden, Ärger mit der Kasse und dergleichen. Als ich ihm gesagt hatte, ich hätte gern seinen Rat in einer Schwierigkeit, hat er gleich heute Vormittag vorgeschlagen, wo unsere Praxen zu sind.

»Grüß dich, Kurt. Danke, dass du dir Zeit nimmst. Trinkst du einen Kaffee?«

»Hei, Malte. Ja, gern. Wie steht's? Wie geht's dir, wie geht es Laura?«

»Ach ja. Deswegen wollte ich deinen Rat haben. Wir stecken in einem ziemlichen Schlamassel. Aber eh ich davon anfange – wie geht es dir denn? Alles in Ordnung?«

»Schon, im Großen und Ganzen. Was für ein Schlamassel?«

Ich hatte mir vorgenommen, es kurz zu machen. Nicht, dass ich mich der Sache geschämt hätte, aber umständliche Beschreibungen wollte ich ihm ersparen. »Es ist wegen Laura. Ich hatte ein paar Nächte mit jemand anders und das packt sie nicht. Ich habe gedacht, du könntest mir einen Therapeuten für sie empfehlen, oder vielleicht – am besten könntest sogar du selbst mal mit ihr reden? Du bist doch so begeistert von den Entwicklungen in der Traumatherapie.«

Kurt sagt nichts. Er nimmt seine Tasse, guckt rein, als würde er zum ersten Mal in seinem Leben Kaffee sehen. Dann sieht er mich an als warte er auf irgendetwas.

»Magst du mal etwas mehr erzählen? Wie es dazu kam? Und wie es dir selbst damit geht?«

Wumm. Genau das hatte ich nicht gewollt. Ich brauche einen Rat, eine Adresse, keine Psychoberatung. Und schon habe ich angefangen zu erzählen, und er hört zu.

»Wie es mir damit geht – ich habe Angst, dass Laura alles kaputt machen könnte. Unsere Ehe, unsere Liebe und sich selbst. Sie ist völlig anders geworden, kalt, abweisend, verschlossen. Sie behandelt mich als sei ich der letzte Dreck. Wenn ich nach Hause komme bin ich Luft für sie, oder sie guckt mich an wie ein verletztes Reh. Sie isst nichts, trinkt tagsüber Kaffee und abends Bier, ist ganz dünn geworden und sieht schlecht aus. Wie es mir damit geht – na ja, ich fühle mich be-schissen. Ich sehe ja ein, dass es für sie nicht lustig ist, mein Seiten-sprung. Hätte ich auch nicht gern, wenn sie so was machte. Aber so ein Weltuntergang ist es ja nun auch wieder nicht. Ich will ja mit ihr leben und ich liebe sie.«

»Weiß sie das?«

»Ja. Klar, hab ich ihr gesagt.«

»Und?«

»Sie hat verlangt, dass ich die Beziehung sofort beende, alle Kontakte zu Bea abbreche, sie nicht mehr treffe. Das geht natürlich nicht. Die ist doch kein Spielzeug, das man in die Ecke stellt, so einfach.«

»Hm. Kann ich verstehen.«

Mir ist nicht klar, ob er Laura oder mich eher verstehen kann. »Weißt du, gerade weil Laura mir so ein schlechtes Gewissen macht, ist es mit Bea so gut geworden. So eine Erleichterung. Alles mit ihr ist leicht, heiter, befreiend. Wie ein Bad im Meer.« Ja, so war es. Ein Bad im Meer. Wie als ich in meiner Kindheit in die Brandung rannte, mich hineinstürzte, meine Kraft gegen die der Wellen setzte, hindurch-tauchte und dann mich tragen ließ vom Atem des Meeres. So konnte ich meine Kraft mit Bea entfalten, mich verströmen, es war reinigend, wunderbar. Lustig. Herrlich. Oder so könnte es sein, wenn ich dabei nicht an Laura denken müsste.

»Bei Bea vergisst du die Schwierigkeiten mit Laura –?« Kurt hat die Fähigkeit, Fragen wie mit nur einem Drittel Fragezeichen zu sprechen, so dass sie zwischen Aussage und Frage schweben.

Ich komme mir blöd vor. Natürlich gäbe es das Problem nicht, wenn es Bea nicht gäbe. »Ich weiß nicht. Nein, das ist nicht alles. Laura ist die Frau meines Lebens, und sie wird hoffentlich die Mutter meiner Kinder sein. Ich liebe sie, wirklich. Aber Bea – ich weiß nicht, wie ich dir das erklären soll. Bea ist so ziemlich das Gegenteil von Laura. Was ist?« Kurt hat einen seltsamen Ausdruck, er grinst und sieht zugleich traurig aus.

»Ergänzungsuntreue nennt man das«, sagt er.

Stimmt. Ergänzung, das ist es. Beide Frauen zusammen, das wäre die Idealfrau. Lauras Hingabe und Beas Wildheit, Beas Leidenschaft und Lauras Zartheit, Lauras Lächeln und Beas Lachen. Lauras Anpassung und Beas Streitlust. Beas Entschlossenheit und Lauras Bedachtsamkeit. Ja. Laura gehört zu mir, ganz tief, ganz innig. Und voller Schmerz. Und Bea – Bea ist ein Geschenk. Wie ein Sturm in mein Leben eingebrochen, ein Funkeln, Lachen, Wirbeln. Laura müsste nicht so darunter leiden. Ich hatte ihr nichts weg genommen, gar nichts. Im Gegenteil. Seit ich Bea habe, kann ich Laura viel besser lieben, viel weiter, offener, heiterer. Oder ich konnte es, so lange, wie Laura sich nicht so dagegen wehrte. So lange, wie Laura nicht wusste, wann ich mit Bea zusammen war. Das Glück, das ich mit Bea erlebte, pulsierte in mir, ich war lebendiger und so von Freude erfüllt wie nie zuvor. Oder wie in der ersten Zeit mit Laura vielleicht, als wir frisch verliebt waren. Die Welt war neu und voller Glanz. Und ich teilte das Glück mit Laura. Auch mit ihr war alles wieder neu, wie ein neuer Frühling. Und jetzt – als hätte ein Racheengel mich aus dem Paradies verstoßen, und Laura mit. Oder vielmehr, Laura selbst ist der Racheengel, und ihre Rache ist die schlimmste, die man sich denken kann. Sie rächt sich, indem sie sich selbst zerstört.

»Was soll ich tun?«

Kurt sieht mich an und schweigt. Was soll ich tun. Was soll ich tun. Ich weiß, er kann es mir nicht sagen. Und ich weiß es nicht.

»Laura möchte also, dass du dich von Bea trennst –?«

»Sie möchte das nicht bloß, sie verlangt es. Sofort. Sie will nicht mit mir schlafen, wenn ich auch mit Bea schlafe.« Sie hatte geweint. Wenn sie wüsste, dass ich von Bea komme und dann mit ihr verkehre, würde sie sich am liebsten ihre Scheide und Gebärmutter herausreißen, hatte sie gesagt. Sie würde sich entehrt und beschmutzt fühlen. Ich hatte nichts darauf gesagt. Wir sind nicht mehr drauf zurückgekommen.

»Sieht so aus, als müsstest du dich entscheiden.«

»Entschieden habe ich mich bereits – für Laura.«

»Aber nicht gleich –?« Ich versuche, Kurts klaren Blick auszuhalten. Er hat Recht. Nicht gleich. Später, irgendwann, wenn das Feuer zwischen mir und Bea sanfter brennen würde, wenn ich alles ausgekostet haben würde, ihr Haar, ihre Haut, ihren Duft und ihr Lachen. Wenn Bea nicht mehr in meinem Inneren lodern würde.

»Jetzt, das wäre wie Mord.«

»Und, wenn ich dich richtig verstehe, suchst du jetzt einen Therapeuten für Laura, damit sie still hält, bis die Sache mit Bea sich geklärt hat.«

Ich vergrabe mein Gesicht in meinen Händen. Natürlich, so geht es nicht. Laura in Therapie schicken, damit ich Ruhe habe. Wie um mich vor dem Verrücktwerden zu retten, kommt die Kellnerin an unseren Tisch. Ich bestelle irgendetwas.

»Vielleicht geht es doch nicht darum, dass du dich entscheidest«, sagt Kurt. »Jedenfalls nicht gleich heute. Nicht als ersten Schritt.«

Was? Was denn sonst? Wie soll ich aus dieser Scheißsituation denn sonst rauskommen? Ich sehe ihn fragend an.

»Du kommst mir vor wie ein Pingpong-Ball, der sich zwischen Laura und Bea hin- und herschmettern lässt. Vielleicht müsstest du mal innehalten. Irgendwo zur Ruhe kommen. Dich selbst ansehen und verstehen.«

»Gute Idee, ja. Würde ich gern tun. Es gibt aber noch etwas.«

»Ja?«

»Ich hab Angst um Laura. Ich habe Angst, dass sie sich das Leben nimmt.«

Kurt sieht mich prüfend an. Dann schüttelt er den Kopf. »Zwischen Szylla und Charybdis«, sagt er, »zwischen Mord und Selbstmord.«

Macht er sich lustig?

Laura

Frau Schrader wohnt im dritten Stock. Im Treppenhaus riecht es nach altem gepflegtem Holz wie damals, als unser Literaturkreis sich immer bei ihr getroffen hatte. Das war in der zwölften Klasse gewesen. Vor acht Jahren. In einem anderen Leben, vor hundert Jahren.

Sie schien kaum gealtert. Nur ihr Haar war ein wenig grau geworden. Ihr Wohnzimmer unverändert, schön eingerichtet und so klar wie sie selbst. Sie freute sich, dass ich da war. Warum nur hatte ich alle die Jahre nicht an sie gedacht? Als ich mich nach dem Abitur von ihr verabschiedete, hatte sie gesagt, ich möge sie doch hin und wieder besuchen, sie an meiner Entwicklung teilhaben lassen. Nein, ich hatte sie nicht vergessen. Ich hatte bloß nach vorn geschaut, hatte, begierig, mein eigenes Leben zu entdecken und neugierig auf Menschen, andere, unbekannte Menschen, alles Bisherige hinter mir lassen wollen. Vor allem meine Eltern und die Schule. Warum musste ich erst so unglücklich werden, um mich dieser begeisternden Lehrerin zu erinnern, die oft wie eine Freundin zu mir gewesen war?

Sie schenkte mir Tee ein, sah mich an, schweigend. Was war real? Der Frieden dieses Raumes, die Tasse aus dünnem Porzellan in meinen Händen, ihr ruhiger freundlicher Blick – oder der Orkan aus Ratlosigkeit in mir?

Ich hielt die Tasse in beiden Händen. Der Raum war von Licht erfüllt. Ich hatte befürchtet, ich würde weinen, sobald ich ihr gegenüber säße. Doch etwas wie nebelhafte Stille legte sich über mein Denken, das zugleich ratlos, leer und von Verwirrung erfüllt war.

»Ja«. Es war keine Frage, es war eher eine Einladung, wie eine offene Landschaft. Nur Horizont und alles hat Raum. Ich hatte mich darauf eingestellt, alles zu erzählen. Alles Wichtige. Wie ich Malte begegnet war, unsere Liebe, meine Liebe, wie er mich verletzte, meine Beharrlichkeit, dennoch. Mein Unglück, mein Schmerz. Und dass ich nun ratlos bin und keine Kraft mehr habe. Doch jetzt, in der Stille hier, war der Schmerz weniger gegenwärtig, die Wirrnis weniger wichtig. Ich atmete langsamer und tiefer und merkte, dass ich seit Wochen, seit Monaten wohl nicht mehr ruhig geatmet hatte.

Aber ich muss doch was sagen. Ich hatte um ein Gespräch gebeten, da kann ich nicht einfach die Stille genießen. »Schön ist es bei Ihnen hier. So ruhig.« Im selben Augenblick wurde mir der Verkehrslärm da draußen bewusst.

»Ja«, sagte sie. »Lassen Sie sich Zeit.«

»Wir sind seit drei Jahren verheiratet und ich weiß nicht mehr weiter.« Ich hätte ihr eine Hochzeitsanzeige schicken sollen, ich Idiot. »Ich weiß nicht mal mehr, ob ich ihn überhaupt noch liebe. Er ist mir untreu.« Bitterkeit und Zorn überwältigten mich wie eine Springflut. »Das erste, was ich davon gemerkt habe, war Anfang Januar. Malte war auf einem Kongress.« Ich brauchte einen Halt, hielt mich mit dem Blick an ihrer Bernsteinkette fest.

»Er ist Arzt, wissen Sie, Neurologe. Und elf Jahre älter als ich. Ja, also, von diesem Kongress musste er dreihundert Kilometer nach Hause fahren. Ich hatte angenommen, er würde so zwischen zwölf und eins in der Nacht da sein. Er kam die ganze Nacht nicht, und ich machte mir wahnsinnige Sorgen. Stellte mir vor, dass er auf der Autobahn einen Unfall habe. Ich rief ihn auf seinem Handy an, da war nur die Mailbox. Ich blieb auf, wartete, legte mich aufs Sofa, konnte natürlich nicht schlafen. Ich erkundigte mich, ob es auf der Strecke zu Unfällen gekommen sei. Es war keiner bekannt. Um fünf in der Früh duschte ich und zog frische Sachen an. Zwischendurch überlegte ein Teil von mir sogar, wenn er tot wäre, wie ich ohne ihn weiter leben würde, ganz kalt, während ich im übrigen fast durchdrehte vor Angst. Es war die furchtbarste Nacht meines Lebens. Immer wieder versuchte ich, ihn zu erreichen, vergeblich. Gegen neun rief er dann an. Er sei in einem stundenlangen Stau gesteckt und gleich in die Praxis gefahren, gerade eben noch rechtzeitig. Warum hast du mir denn nicht Bescheid gesagt, hab ich ihn gefragt, ich habe solche Angst um dich gehabt. Erklär ich dir abends, die Patienten warten schon, sagte er. Am Abend erzählte er mir, er habe mich anrufen wollen, aber im Auto war es dunkel und er ärgerte sich so über den Stau, dass er seine PIN dreimal falsch eingab, darauf sei das Handy gesperrt gewesen. Das war aber alles gelogen.«

»Ach?«

»Erst hab ich es ihm geglaubt. Ich war so erleichtert, dass er heil wieder da war.«

Ich zögerte. Soll ich erzählen, wie ich die Wahrheit herausgefunden hatte? Könnte ich diese lebenskluge Frau nicht einfach fragen, wie man sich am schmerzlosesten trennt? Oder wie man alles vergisst? Oder – ja, was will ich eigentlich? Ich will, dass alles, was ich jetzt gleich erzählen werde, nichts als ein böser Traum ist.

Ich begegnete ihrem ruhigen Blick. »Am liebsten würde ich ein Bündel aus den vergangenen Monaten machen und es ins Meer werfen.«

»So schlimm.« Ihre Bemerkung schwebte zwischen Frage und Feststellung.

»Malte nimmt an einer Balint-Gruppe teil, wo er sich mit anderen Ärzten trifft. Sie besprechen da schwierige Fälle aus ihren Praxen. Etwa drei Wochen nach diesem Kongress, als er abends zu der Gruppe gegangen war, rief ein Kollege von ihm an und wollte ihn sprechen. Ich sagte, Malte sei in der Gruppe. Die fällt doch heute aus, sagte der Kollege, hat er das vergessen? Ich weiß nicht, welcher Teufel mich ritt – als Malte nach Hause kam, fragte ich ihn, wie es denn heute gewesen sei, und er antwortete, ach, wie immer, nichts Besonderes. Du warst doch gar nicht in der Gruppe, sagte ich. Du betrügst mich. Ich hörte mich das sagen als sei das nicht ich, die da redet. Ich hörte mich Sachen sagen, an die ich vorher überhaupt nicht gedacht hatte. Und was er dann sagte, war auch ganz fremd. Alles wie in einem Film, der nichts mit uns zu tun hat.«

»Was sagte er?«

»Ja.«

»Ja?«

»Er sagte einfach ja. Er gab es zu. Und wie in einer Eingebung sagte ich, das mit dem Stau auf der Autobahn wäre auch nicht wahr gewesen. Auch das gab er zu. Und dann sagte er, was Männer wohl immer in solchen Situationen sagen. Es hat nichts mit dir zu tun, lass mir Zeit und solchen Scheiß. Entschuldigung.«

Malte

Es ist mir unangenehm, an Laura zu denken. Als hätte ich sie beschädigt. Es geht mir mit ihr so wie als Kind mit dem Zauberwürfel, den ich nicht mehr sehen mochte, nachdem er durch meine Unachtsamkeit kaputt gegangen war.

Ich habe Laura noch nie wütend gesehen. In Situationen, wo andere aufbrausen, reagiert sie schlimmstenfalls gekränkt. Und dann sucht sie die Schuld bei sich selbst.

»Weißt du, sie ist so jemand, die sich eher die Lippen blutig beißt, als dass sie sich wehrt.«

Kurt sah mich schweigend an.

»Sie hält es nicht einmal aus, wenn ein anderer in ihrer Gegenwart zornig wird. Ich bin mal aus dem Auto raus und hab jemanden angeschrien, der hinter mir in die Lücke rein ist, in die ich gerade rückwärts einparken wollte. Oh, war ich sauer. Nachher hatte sie echte Angst vor mir, obwohl die Sache mit ihr überhaupt nichts zu tun hatte.«

Eine Weile schweigen wir beide.

»Sie kann sich nicht wehren, sie hält es auch nicht aus, wenn du dich wehrst, und alle Welt sollte friedlich und harmonisch sein. Macht dir das ein schlechtes Gewissen?«

»Hmm«, sagte ich und versuchte klarzukriegen, ob tatsächlich Laura die Ursache sein könnte, dass ich fast ständig das Gefühl habe, mich verteidigen zu müssen. Aber jetzt – und es ging um jetzt – hatte ich ja tatsächlich Schuld auf mich geladen, hatte sie hintergangen und belogen. Das sagte ich Kurt.

»Stimmt. Du hast sie belogen. Und betrogen auch. Was wäre jetzt richtig? Was möchtest du machen?«

Wenn ich das wüsste, hätte ich Kurt nicht um dieses Gespräch gebeten. Das Nahe liegende wäre, sie um Vergebung zu bitten. Aber dann fordert sie, dass ich mit Bea breche. Und alles geht so weiter wie jetzt.

»Meine Gedanken fahren Karussell.«

»Du denkst ja auch immer in die gleiche Richtung. Überlegst, was du machen sollst, um aus dem Schlamassel raus zu kommen. Wie wär's, wenn du dich stattdessen auf dich selbst besinnst. Mal schaust, wo du eigentlich stehst. Was du fühlst, wenn du an Bea, und was, wenn du an Laura denkst.«

»Beschissen fühl ich mich.«

»Bei beiden gleich?«

»Verrückt, nicht? Da hab ich eine Frau mehr in meinem Leben, eine tolle Frau, der Himmel geht auf und eine ganze Bergkette von Vulkanen obendrein, aber damit, dass mein Leben reicher wird, gibt es Unglück über Unglück. Vor Bea war alles einfacher. Und eintöniger.«

Kurt schwieg.

»Nein, gleich nicht. Laura ist wie Heimat, bis vor kurzem. Jetzt ist es wie im Krieg mit Laura. Und mit Bea wie Abenteuer. Alles neu und voller Überraschungen. Bea hat Kräfte in mir frei gesetzt, von denen ich vorher nichts geahnt hatte. Sie macht, dass ich mich lebendiger fühle. Wie Frühling. Ach, blöder Vergleich. Sagt wahrscheinlich jeder Verliebte.«

Kurt schwieg. Er schien zu warten. Spielt er den Psychoanalytiker? Na gut. Dann spiele ich Patient und rede. »Mit Laura ist alles so vertraut. Und zuverlässig – bis vor kurzem. Bea ist nicht zuverlässig, Bea ist wie Wetter, nur unvorhersehbarer. Weißt du, Laura und ich leben seit mehr als vier Jahren zusammen. Sie ist mir so vertraut wie ich selbst.« Vielleicht ist das ein Fehler. Nähe macht blind füreinander, in gewisser Weise. »Mit Bea habe ich Angst, jedes Mal, dass es das letzte Mal sein könnte. Sie hat das so gewollt, sie hat gesagt, wir versprechen einander gar nichts. Wenn wir es beide wollen, wenn wir miteinander sein wollen, gut. Lass es ein Spiel sein, hat sie gesagt, lass uns frei sein. Aber es ist wohl so, dass von zweien immer einer der Freiere ist und der andere den umwirbt. Der andere, das bin bei Bea ich.«

Schweigen.

»Mit Laura ist es umgekehrt. Das Schlimme ist, ich kann ihr nichts vorwerfen. Dass wir uns aneinander gewöhnt haben, dass sie mir so vertraut geworden ist wie mein eigener Körper, dafür kann sie nichts. Das hat ja auch eine gute Seite. Sie kann wie ein Spiegel sein, ein Zauberspiegel, der oft eher als ich selbst weiß, was mir gut tut. Arglos wie ein Kind. Und ausgerechnet diese Frau, die sich mir bedingungslos anvertraut hat und mit der ich nur glückliche Jahre erlebt habe, treibe ich an den Rand des Selbstmords. Jetzt sage ich das so hin, hier im Café, aber die vergangenen Wochen mit ihr, das war die Hölle. Ihre Vorwürfe, ihr Schweigen. Ihr Schmerz. Wir haben seit Monaten nicht mehr miteinander gelacht. Alle Leichtigkeit ist weg. Und Bea – wenn ich es recht bedenke, dann ist es auch mit ihr nicht mehr leicht. Manchmal flüchte ich zu ihr so wie man ein Analgetikum nimmt. In der Hoffnung, dass sie mich mein schlechtes Gewissen für kurze Zeit vergessen lässt. In unserer Liebe ist keine Unschuld mehr, und die war das Schönste. Ich umarme Bea wie ein Junkie sich die Spritze setzt. Und genau so hilft es nur ganz kurz.«

Schweigen. »Bitte, Kurt, sag etwas. Was denkst du über mich?«

»Ich denke, du solltest versuchen zu sehen, was es so schwer macht.«

Schwer? Mein Herz war schwer. Ganz eindeutig, wovon. »Die Schuld«, sagte ich. »Meine Schuld.«

»Malte, ich möchte dir etwas erzählen, in dem Zusammenhang. Aber nicht hier im Café. Wir brauchen auch überhaupt noch etwas mehr Zeit, und ich habe heute Nachmittag Termine. Könnten wir uns morgen oder übermorgen wieder treffen, nach der Arbeit?«

»Gern, wann du willst.«

»Freitagabend, bei mir? Sagen wir, gegen neun?«

»Ich bin da.«

Laura

»Wie lang ist das denn jetzt her?« fragte Frau Schrader.

»Das war am vierten Februar. Sieben Monate.«

»Eine lange Zeit.«

»Erst hatte ich ja gehofft, dass es bloß eine Affäre gewesen und dass es vorbei sei. Malte war den Frühling über so liebevoll, brachte mir fast täglich Blumen, was er seit unserer ersten Zeit kaum mehr getan hatte. Nur so zum Geburtstag. Einmal stand ich oben und sah ihn die Treppe hoch kommen, er nahm immer zwei Stufen auf einmal. Er stieg nicht, er rannte. Obwohl wir einen Lift haben, nahm er damals immer die Treppe. Er hatte den Arm voller Tulpen, ganz viele, und er strahlte mich an. Ich dachte, er hat die andere aufgegeben und sich neu in mich verliebt. Aber die traurige Tatsache ist, dass seine Energie aus dieser Liebschaft kam, die er insgeheim weiter unterhielt. Und Blumen brachte er mir bloß, um mich in Sicherheit zu wiegen. Ihr hat er zur selben Zeit mit Sicherheit auch welche gebracht. Rosen vermutlich. Ach, Frau Schrader, das tut so weh.« Der Schmerz überwältigte mich. Ich hatte reden und vor allem ihren Rat hören wollen, aber jetzt liefen mir doch tatsächlich Tränen übers Gesicht. Ich wischte sie ab, nahm mich zusammen, sprach weiter.

»Ich sagte ihm, wenn er mit der anderen schläft, will ich nicht mit ihm schlafen. Er schlief mit mir, es war trotz meinem Schmerz ganz innig, ganz – ach ja, einfach gut. Ich hab natürlich angenommen, dass er die Sache beendet habe. Dass er mit mir schläft, nahm ich als Zeichen dafür – ich hatte ihm ja gesagt, ich will das nur, wenn er sie nicht mehr trifft. Dann hat sie angerufen bei uns. Erst auf seinem Handy. Er hat drauf geschaut und es abgestellt, hat irgendwas gemurmelt wie, jetzt lässt er sich nicht stören. Gleich darauf läutete das Festnetztelefon. Sie hat ihren Namen genannt und ihn sprechen wollen. Ich hab ihm das Telefon gegeben, wie gelähmt, gewartet, was er sagt. Er war unsicher wie ein kleiner Junge, stotterte rum, dann sagte er, bis später, und legte auf. Ich fragte ihn, was soll denn das. Und er wurde total wütend, ich solle ihn nicht kontrollieren, er sei immerhin ein freier Mann. Dann rannte er aus der Wohnung. Das war gegen halb zehn Uhr abends. Er kam erst nach zwei zurück. Ich war ins Bett gegangen, aber einschlafen konnte ich natürlich nicht. Er ging gleich ins Bad. Ich hab's nicht ausgehalten, ging rein und sah, wie er sich duschte. Sein Rücken hatte rote Streifen, von den Schulterblättern nach unten und außen, auf beiden Seiten bis zu den Lenden. Und wissen Sie, was er an diesem Abend angehabt hatte? Das Hemd, das ich ihm zu unserem Hochzeitstag geschenkt hatte. Das hat mich wahnsinnig gekränkt. Ich stellte mir vor, wie sie es ihm erst ausgezogen hatte, wie sie dann, während er über ihr kniete, seinen Rücken mit ihren Nägeln zerkratzt hatte.«

Im Nachhinein wundere ich mich, dass ich diesen Schmerz überlebt habe und dass ich jetzt relativ gefasst davon berichte. Frau Schrader guckte auf meine Hände. Ja, sie zittern. Ich zittere eigentlich ständig, innerlich. Kein Wunder. Ich kann nicht mehr schlafen, außer, wenn ich drei Flaschen Bier getrunken habe, mindestens. Nachts wache ich auf. Malte liegt neben mir, atmet leise. Wenn ich wieder einschlafen will, muss ich einen Schnaps trinken oder noch ein Bier. Ich weiß, das ist bescheuert. Aber überhaupt nicht mehr schlafen wäre noch bescheuerter. Ich hab versucht, ob es nicht ohne geht. Aber dann wird alles wie unter einem Vergrößerungsglas noch bedrängender und völlig ausweglos. Ich könnte schreien. Aber wenn ich damit anfinge, dann könnte ich nicht mehr aufhören, das weiß ich. Ich fühle mich wie hautlos. Alles ist zu viel, alles tut weh. Ob Frau Schrader denkt, dass meine Hände zittern, weil ich zur Alkoholikerin geworden bin? Das bin ich aber nicht. Bestimmt nicht. Ich kann zwar ohne Bier nicht einschlafen, aber nur, weil ich so verzweifelt bin. Ein Selbstheilungsversuch, würde Malte sagen. Unter normalen Bedingungen bräuchte ich überhaupt keinen Alkohol. Und dass ich zittere kommt von meinem Unglück. Nicht daher, dass ich wieder was trinken müsste.

Frau Schrader seufzt. Sie schenkt mir Tee nach, trinkt selbst welchen, sieht zum Fenster und dann zu mir.

»Und nun?«

»Ich weiß nicht.«

»Wieso sind Sie gerade jetzt zu mir gekommen, Frau Salburg? Ich meine, das ist ja nun schon eine ganze Zeit lang her. Gab es einen Anlass?«

»Ja, schon. Es wurde immer schlimmer. Und vor zwei Tagen hatten wir einen Streit, das heißt, eigentlich weniger einen Streit, ich hab geweint und ihn beschuldigt, dass er unsere Ehe zerstört und hab ihn beschworen, sich von ihr zu trennen. Bea heißt diese Frau. Sich von Bea zu trennen.« Ich merke, wie stockend ich sprach. Ich hatte bisher keinem Menschen von der Sache erzählt. Auch meinen beiden besten Freundinnen nicht. Es war schon schlimm genug, von Maltes Verrat an unserer Liebe zu sprechen, aber das von vorgestern fiel mir noch schwerer. »Ich kann mich nicht erinnern, was genau er gesagt hat. Jedenfalls war er nicht bereit dazu. Und irgendwie, also, ich bin zum Fenster gegangen und wollte es öffnen, hatte das Bedürfnis nach frischer Luft. Er ist mir nach und hat mich gepackt, wollte mich festhalten, ich riss mich los und fiel dabei in die Scheibe. Die ist kaputt gegangen und hat mich leicht verletzt. Malte hat gedacht, ich wollte mich auf die Straße stürzen, er war total erschrocken wegen dem Blut und so. Ich habe ihn gerade noch davon abhalten können, dass er mir eine Beruhigungsspritze gibt. Jetzt glaubt er, ich sei suizidal. Dabei bin ich bloß gestolpert, ich wollte mich nicht umbringen, wirklich nicht.«

»Ich glaube es Ihnen. Aber haben Sie jemals daran gedacht, früher?«

»Viel früher, ja, als ich vierzehn oder fünfzehn war. Ich denke, in dem Alter spielt jeder mal mit dem Gedanken. Wissen Sie noch, in unserem Literaturkreis, wie wir Ernst Meister gelesen haben – ein Schmetterling ruht aus auf Todes lockerer Wimper, oder so ähnlich?«

Frau Schrader lächelt. »Das ist gar nicht so lange her, nicht wahr.

Und doch, es ist so viel passiert inzwischen. Wir gehen beide nicht mehr zur Schule. Und Sie haben einen Mann gefunden.«

Gefunden, ja, und verloren, denke ich. Zumindest ist alles anders.

»Was haben Sie eigentlich sonst in der Zwischenzeit so gemacht und erlebt?«

»Jetzt wo ich hier bei Ihnen sitze und Ihren Tee trinke – Frau Schrader, es tut mir sehr Leid, dass ich mich nie bei Ihnen gemeldet habe. Ich hatte als Schülerin so sehr gehofft, dass wir Freundinnen werden könnten, später, nach meinem Abitur.«

»Ja. Sie werden von anderem in Anspruch genommen worden sein. Für Sie hat ja ein neues Leben angefangen.«

»Ich habe studiert, Kommunikationswissenschaft an der Uni hier, den Master gemacht. Dann war ich auf der Journalistenschule. Ich wollte beruflich schreiben, aber ob ich als Schriftstellerin erfolgreich wäre, da war ich mir nicht sicher. Also bin ich zunächst Journalistin geworden, mit Schwerpunkt Reisejournalismus. Leider habe ich seit langem nichts geschrieben, was mir wirklich am Herzen liegt. Ein paar Gedichte ausgenommen.«

»Die würde ich gerne lesen. Wenn Sie sie mir einmal zeigen mögen.«

»Ja – sehr gern.« Das war aufrichtig. Ute Schrader hatte mich gelehrt, Sprache als Ausdruck des Wesentlichen zu schätzen. Sie war eine wunderbare Lehrerin gewesen. Sie konnte sich begeistern, sie war klar und unbestechlich in ihrem Urteil. Und sie spürte in jedem noch so unbeholfenen Text das versteckte Potenzial auf. Auch wenn ihr etwas nicht gefiel, behandelte sie es mit Respekt und suchte nach irgendetwas Schätzenswertem.

Ich denke an meine kurze Studienzeit, an die Volontariate und Zeiten, wo ich für Zeitungen in der Provinz gearbeitet hatte. Keines der Ereignisse, über das ich Artikelchen verfasst hatte, besaß irgendeine Bedeutung. Als Fingerübungen mochten sie durchgehen. Ganz kurz war mir, als schaue der Engel meiner Seele mich an. Hat, was ich arbeite, überhaupt irgendeine Bedeutung?

»Und Sie arbeiten als Reisejournalistin?«

»Ja. Eine Zeitlang war ich bei einer Surf- und Segelzeitschrift angestellt, jetzt arbeite ich frei.« Dass ich über alles schreibe, was so kommt, aus finanziellen Gründen, und meist über Mode oder neueste Einrichtungstrends, das verschweige ich. Darum geht es jetzt nicht.

Frau Schrader fragt nicht wie alle anderen, ob ich auf diese Weise viel von der Welt sähe, und auch nicht, ob die Arbeit mir Freude mache, oder, ob ich erfolgreich sei. Sie fragt mich, ob ich mit ganzem Herzen arbeite.

»Mit ganzem Herzen?« Das hatte mich noch keiner gefragt. Tue ich überhaupt etwas mit ganzem Herzen?

Ich nehme die Tasse. Es ist eine weiße Tasse aus ungewöhnlich dünnem Porzellan. Ich umfasse sie mit beiden Händen. Der Tee, den sie mir eben erst nachgeschenkt hat, wärmt meine Daumenballen und Handflächen. Er ist lichtbraun-golden, und von seiner Oberfläche lösen sich zarte Schleier. Sein Duft, ein wenig bitter, ein wenig rauchig, erinnert mich an etwas, aber ich weiß nicht, woran, es schwebt gleichsam vor mir, ohne dass ich es greifen kann. Ich stelle die Tasse zurück und sehe sie an. »Ich glaube, mit ganzem Herzen mache ich selten etwas.«

»Sie sparen Ihr Herz?«

»Ich fühle es nicht.«

»Sie sind mit einem so heftigen Schmerz gekommen. Wo sitzt denn der?«

Ich spüre den Schmerz. Er müsste doch eigentlich im Herzen sitzen. Hat er mir nicht das Herz gebrochen? Aber nein. Er ist eher weiter unten, im Bauch, im Solarplexus. »Hier«, sage ich.

Sie nickt. »Sagen Sie, Laura, auf wen sind Sie wütender, auf Ihren Mann oder auf die andere Frau?«

»Auf ihn.«

»Sie lächeln?«

»Es freut mich, dass Sie mich Laura nennen. Frau Salburg klingt so – so fremd. Als würden Sie mich weg schieben.«

»Ich hab mich versprochen. Gut, dann sage ich weiter Laura zu Ihnen, wie damals. Und was würden Sie ihm am liebsten antun?«

»Antun? Ich weiß nicht …Vielleicht, wenn ich unser Auto vor ihrer Wohnung sehen würde, die Windschutzscheibe mit Kleber verschmieren. Nein, dumme Idee. Was ich am liebsten hätte, das kann ich nicht tun. Das wäre, dass Malte sich mir wieder zuwendet, nur noch mich liebt, mich allein begehrt. Wie als würde er aus einem bösen Traum erwachen.«

Sie scheint nachzudenken.

»Frau Schrader – was glauben Sie, was hab ich falsch gemacht, dass er mich nicht mehr so liebt wie früher?«

»Sie haben nichts falsch gemacht. Oder wenn, wir machen ja immer irgendwelche Fehler, dann war das nicht der Grund. Wie Malte handelt, das ist allein seine Sache.«

»Wie? Sie meinen, was ich tue, wie ich mich verhalte, das ist ganz egal? Ich bin dem Ganzen hilflos ausgeliefert?«

»Das nicht. Ich sage bloß, wenn Malte eine andere Frau attraktiv findet, dann nicht, weil Sie etwas falsch gemacht haben.«

»Ja, aber wenn er mich wirklich lieben würde, dann würde er das nicht tun.«

»Da bin ich nicht so sicher. Männer sind in der Hinsicht anders als Frauen.«

Das glaube ich ihr nicht wirklich, auch wenn sie um einige Jahre älter und um vieles weiser ist als ich. Aber ich will mit ihr nicht über die Verschiedenheit von Männern und Frauen diskutieren, die mir fragwürdig erscheint. Mir geht es um meine Liebe.

»Aber Malte sieht doch, dass ich darunter leide. Einen Hund würde er nicht so leiden lassen wie mich. Ich bin ihm völlig egal.«

»Herzchen«, sagt sie. Da muss ich weinen. Ich weine und weine. Ziemlich lange. Als ich fertig bin und mir die Nase geputzt habe, sagt sie etwas sehr Verblüffendes.

»Wissen Sie Laura, ich glaube, das Schlimmste an der ganzen Sache ist nicht, dass Ihr Mann Ihnen untreu ist.«

»?«

»So wie ich Sie erlebe ist es viel schlimmer, dass Sie selbst sich nicht wirklich wertschätzen.«

»Was?«

»Oder nicht lieben.«

»Ich weiß nicht, was ich dazu sagen soll. Darüber hab ich noch nicht nachgedacht.«

Donnerstag, 5. September

Laura

In der folgenden Nacht träumte ich, ich würde von Wölfen gejagt. Ich befand mich auf einem Weg in einer vollkommen verschneiten Gegend. Der Weg war auf beiden Seiten von Zäunen begrenzt. Ich rannte um mein Leben, rettete mich mehrmals durch eine Lücke im Zaun, aber die Wölfe kamen hinterher. Wohin ich auch lief, sie waren immer kurz hinter mir, eine ganze Meute.

Am Donnerstag setzte ich mich an den Artikel, den ich an dem Tag abzugeben hatte, um ihn vorher noch einmal durchzulesen. Ich konnte mich kaum konzentrieren, zwischendurch fiel mir immer wieder Frau Schraders Frage ein, auf wen ich wütender sei, auf ihn oder sie. War ich überhaupt wütend? Klar. Oder doch nicht? Ich bin selten wütend. Es ist nicht edel. Erlaube ich es mir bloß nicht? Andererseits – wäre es nicht edler, aufrichtig zu sein? Meine Gefühle wahrzunehmen, auch die schlechten?

Ich versuchte, mir Wut zu erlauben. Zorn wäre vielleicht besser, Zorn ist irgendwie gerechter, während Wut nur zerstörerisch ist. Ja verdammt noch mal, wieso muss ich eigentlich gerecht sein, wieso, verdammte Scheiße?

Ich wunderte mich über mich selbst. Selbst in Gedanken fluche ich sonst nicht, und derartige Wörter gebrauche ich schon gar nicht. Gut erzogen, ja, ja. Wieso muss ich eigentlich so sein, dass andere zufrieden sind? Muss ich?

Wäre ja mal interessant, wenn ich rausfände, wie ich sein müsste, damit ich mit mir selbst zufrieden wäre. Geht jetzt gerade nicht, ich muss mit dem Artikel fertig werden.

Es war nicht mehr so viel zu tun daran, ich schaffte es in einer

Stunde, ihm den letzten Schliff zu geben, der hauptsächlich in Kürzungen bestand. Erstaunlich, wie viel klarer alles wird, wenn ich überflüssige Floskeln und Doppelaussagen weglasse. Dann lieferte ich den Artikel ab und fiel in ein Loch. Ich hätte mich gleich an die nächsten Arbeiten setzen können, sollen, ich hatte mehr als genug zu tun. Aber das Loch breitete sich in mir aus als hätte es eine Substanz. Dabei verschlang es jegliche andere Substanz, alles Denken, alle Pläne. Es war nur ein Gefühl abgrundtiefer lähmender Traurigkeit. Leere. Leere. Leere.

Ein Bier wäre jetzt hilfreich. Schön kühl. Es würde die Leere weniger spürbar machen. Nein. Wenn ich schon tagsüber mit Bier anfange, dann werde ich wirklich zu einer Alkoholikerin. Frau Schrader wäre gut, weiter reden mit ihr. Aber die kann ich nicht jeden Tag belämmern. Rita? Andrea? Haben beide erst abends Zeit. Und es würde nichts bringen. Sie sind zwar meine Freundinnen, aber jetzt, in diesem Kummer, würden sie nicht helfen können. Was würde wirklich helfen? Jemand, der mich liebt. Der mich so sein lässt, wie ich bin. Der mich akzeptiert, auch in meiner Verzweiflung. Malte hat mich nur geliebt, so lange alles leicht ging. Jetzt, wo ich ihm im Weg stehe, bin ich bloß noch lästig. Frau Schrader hat gesagt, das größte Problem sei, dass ich mich selbst nicht wertschätze. Aber wie soll man sich wertschätzen, wenn der Mensch, der einem der wichtigste ist, sich von einem abwendet? Ich hasse mich. Sie hatte recht – ich mache nichts mit ganzem Herzen.

Dabei hatte sie das gar nicht behauptet. Sie hatte bloß gefragt, ob ich mein Herz spare. Seltsame Frage.

Wie wäre es, wenn ich mein Herz nicht spare? Anfinge, alles mit ganzem Herzen zu machen? Aus vollem Herzen zu leben? Kein Bier jetzt, nichts, was das Herz vernebelt. Guten Tag, Verzweiflung. Herein, nein, drin bist du ja bereits, komm heraus, überflute mich.

Malte

Ich verkürze meine Mittagspause auf zwanzig Minuten. Heute ist einer der hektischen Tage. Je mehr die Zeit drängt, desto ruhiger erscheine ich. Zwei Parkinsonpatienten, eine mit Alzheimer, dann der mit Clusterkopfschmerz, zwei mit Polyneuropathie, eine mit Migräne. Zwei Kleinkinder, eines mit epileptischer Symptomatik, bei dem anderen vermute ich einen Hirntumor. Ein Anfallpatient. Ich komme erst zu mir, als ich in die Semmel beiße, die Claudia, meine Sprechstundenhilfe, mir geholt hat. Was es so schwer mache, hat Kurt mich gefragt. Die Schuld, habe ich geantwortet. Gut, dass ich heute keine Zeit habe. Und gut, dass ich morgen wieder mit Kurt sprechen kann. Kurt nimmt die Dinge so, wie sie sind, ohne jemanden zu verurteilen. Seine Gelassenheit bewirkt, dass ich an irgendeine Lösung glaube – wenn ich mir auch nicht vorstellen kann, wie die aussehen soll. Aber wie überlebe ich die Stunden bis morgen Abend? Ich werde es mit Hilfe meiner Patienten schaffen. Arbeit kann ja zur Droge werden. Wenn Sucht darin besteht, dass man ein Leiden mit einem ungeeigneten Mittel behandelt, das einen aber immer abhängiger macht, dann sind viele meiner Kollegen berufssüchtig. Ein Leidender nach dem anderen schaut auf zu uns als seien wir Heilbringer, die ihn vom Leiden erlösen können. Die Patienten glauben an uns, oder wenigstens setzen sie ihre Hoffnung in uns, in unsere Kunst. Was für ein Widerspruch zwischen Außen und Innen! Dr. med. Salburg, hochprofessionell in makellos weißem Kittel, die Ruhe selbst, kompetent, überlegen, freundlich, und jedem Patienten aufmerksam zugewandt. Er wird die Erwartungen, die seine Patienten in ihn setzen, nicht zerstören, haben diese Erwartungen doch einen beträchtlichen Anteil an deren Gesundung. Dr. med. Salburg, apollinischer Ritter des Lichts im Kampf gegen das Chaos von Degeneration, Schmerz, Verwirrung und Siechtum. Auf der Innenseite ich, der ratlose Malte, verwirrt, unehrlich, schuldbeladen. Ich verstecke den armseligen Malte so gut hinter der unbewegten Fassade des Heilbringers, dass selbst ich ihn zeitweise vergesse. Das Vergessen gelingt umso länger, je mehr Patienten meiner Hilfe bedürfen. Sie können nicht ahnen, dass sie mir ebenso helfen wie ich ihnen. Wenn nicht mehr. Manchmal denke ich, ich helfe ihnen gar nicht. Wie selten ist Heilung möglich in meinem Fach. Zumeist werden lediglich Symptome medikamentös gelindert, degenerative Prozesse verzögert. Wenn wirklich einmal etwas heilt, dann ist es im Wesentlichen die Bereitschaft des Patienten, gesund zu werden. Dann ist es die Natur, ist es das Leben selbst, was heilt. Und statt dass der behandelnde Arzt sich den Orden an die Brust heftet, sollte er besser demütig von einem Wunder sprechen.

Fünf Minuten für die Semmel, eine Viertelstunde Entspannung. Ich schließe die Augen und schlafe ein. Ich habe das seit Jahren geübt, der Schlaf kommt sofort, und nach kurzer Zeit bin ich wieder wach und frisch. Heute tauche ich aus der Tiefe als Malte auf, vollkommen ratlos. Was soll ich tun? Laura, Bea – was soll ich tun? Ich springe auf meine Füße, ziehe meinen Kittel gerade und schicke Malte zurück in die Tiefe. Warte, sage ich zu ihm. Warte bis morgen Abend. Dann sehen wir klarer. Jetzt kommt der erste Nachmittagspatient, der junge Mann mit Gesichtsneuralgie.

Laura

Ich musste raus aus der Wohnung, brauchte Luft, musste mich bewegen. Ich war lange nicht joggen gewesen, das war das Richtige jetzt. Ich trabte am Kleinhesseloher See entlang. Kinder füttern Graugänse und Enten, Pärchen liegen in der Sonne. Ich gehöre nicht in deren Welt. Die da leben in glücklicher Illusion. Ich dagegen befinde mich in kalter klirrender Realität, wo man tötet, den man liebt, betrügt, wem man Treue schwor. Meine Wut schwappte über auf diese Menschen, die mir nichts getan hatten. Ich hasse sie. Ich hätte ihnen allen etwas antun können. Besonders den Schnöseln mit Sonnenbrillen auf der Nase, die so blöd lächeln. Gleichzeitig zerrissen Schmerz und Liebe mein Herz. Wie viele bin ich? Laura die Liebende. Laura die Kummervolle. Laura die Verletzte. Laura die Zornige. Laura die Rachegöttin. Laura die Verzweifelte. Laura die Ratlose. Laura die Wahnsinnige.

Pass auf, dass du nicht wirklich wahnsinnig wirst. Denk nicht so viel. Atme. Ich atme beim Laufen vier Schritte ein, vier Schritte aus, immer wieder. Das beruhigt. Suche mir einen Platz am Rand einer einsamen Wiese im nördlichen Teil des Englischen Gartens, setze mich. Am liebsten würde ich weinen. Es geht nicht. Komm zur Ruhe, sage ich mir. Schau mal, wer du bist. Guck genau hin. Aufrichtig. Wer bin ich, wenn ich mir nicht vorschreibe, wie ich zu sein habe? Die Wölfe aus meinem Traum fallen mir ein. Angst habe ich, sagt mir der Traum. Und alles ist kalt. Das stimmt. Und ich bin ganz allein. Und ausgeliefert. Aber was bedeuten Wölfe? Vernichtung? Wut? Wut! Die Wölfe sind meine eigene Wut, die sich mir im Traum zeigt, weil ich sie im Tagesbewusstsein nicht wahr haben will. Und wie ich wütend bin! Ab sofort wird kein Wolf mehr mich verfolgen. Meine eigenen Wölfe sind es ja, die mich verfolgten, damit ich sie endlich sehe. Nun, da ich sie wahrnehme und anerkenne, werde ich selbst bestimmen, ob ich sie auf jemanden hetze.

Ich war richtig erleichtert, dass ich mir den Traum jetzt erklären konnte. Und Kurt dankbar, weil der mir vor Jahren die Grundzüge beigebracht hatte, wie man eigene Träume versteht. Kurt, dem Therapeuten, dem schweigsamen Freund von Malte. Frau Schrader hatte wissen wollen, auf wen ich wütender sei, auf sie oder ihn. Und, was ich ihm antun möchte. Jetzt wüsste ich es – ich möchte ihm so weh tun wie er mir getan hat. Ich möchte, dass er Angst hat um mich. Dass er sich sehnt nach mir, und ich würde mich einen Dreck drum scheren. Ich läge in jemand anderes Armen.

Das Dumme ist nur, dass ich überhaupt keine Lust habe, in den Armen eines anderen Mannes zu liegen. Aber ich müsste es ja auch nicht wirklich. Ich könnte so tun als ob. Wegfahren und Malte glauben machen, dass ich ihn betrüge.

Und was sollte das? Das war Laura, die Rachegöttin. Ich werde das nicht tun. Wenn irgendetwas unsere Liebe retten kann, dann nur Aufrichtigkeit. Spielereien kann ich mir nicht mehr leisten.

Freitag, 6. September

Malte

Auf dem Weg zu Kurt malte ich mir aus, wie er wohl wohne. Obwohl wir uns jahrelang kannten, war ich noch nie bei ihm gewesen. Es hatte sich irgendwie nie ergeben. Wenn seine Wohnung wie sein Charakter ist, dann ist sie großzügig, hell und behaglich. Und in irgendeiner Weise besonders.

Sie stellte sich als eher spartanisch heraus. Ein einziges großes Zimmer, karg möbliert. Keine Gardinen, keine Vorhänge vor den Fenstern, kein Teppich auf dem Holzboden, weiße Wände ohne ein einziges Bild. Ein Arbeitstisch, ein Holzstuhl mit Strohgeflecht, ein Regal, ein zusammengerollter Futon, ein Sitzkissen, ein Schrank, zwei altertümlich steife Sitzmöbel, hart gepolstert, davor ein niedriger Tisch. In einer Ecke ein Küchenbord mit einer zweiflammigen Kochplatte und ein Wasserhahn mit Ausguss. Unter den Fenstern wuchern in Tontöpfen Pfefferminze, rot und orange blühende Kapuzinerkresse und alle möglichen Kräuter. Eine Stereoanlage, kein Fernseher. In der Mitte genug Raum um zu tanzen.

»So viel Platz.« Ich wollte etwas Anerkennendes sagen, und etwas anderes fiel mir nicht ein. Kurt grinste als wüsste er, was ich denke. Ich hatte mich schon öfter gefragt, warum Kurt keine Partnerin hat. Frauen müssten ihn anziehend finden, denke ich. Aber er verhält sich auf eine Art, die bewirkt, dass man ihm nicht zu nahe kommt. Während unserer gemeinsamen Klinikzeit hatte eine Kollegin sich in ihn verliebt. Die beiden gingen lange im Klinikpark auf und ab und redeten. Danach sah man sie nicht mehr zusammen. Schwul ist er ganz offensichtlich auch nicht. Er ist mein bester Freund, und ich weiß so wenig über ihn. Irgendwann einmal frage ich ihn, warum er allein lebt. Aber jetzt geht es um etwas anderes.

Der harte Sessel war überraschend bequem. Kurt hatte Tee gemacht, Pfefferminztee. Die frischen Pflanzen in der gläsernen Teekanne erinnerten mich an japanische Wunderblumen, die sich aus Muscheln entfalten, wenn man sie ins Wasser wirft. Ich hatte Brunello mitgebracht, zwei Flaschen, sicherheitshalber – damit er noch eine haben würde, falls wir heute Abend eine tränken.

Kurt fragte, wie es inzwischen mit Laura gehe. »Sie ist verschlossen wie eine Auster. Hat dich nicht einmal grüßen lassen. Kann gut sein, dass sie mir nicht glaubt, dass ich bei dir bin.«

»Und mit Bea?«

»Funkstille. Sie ist zur Zeit bei ihrer Familie in Mecklenburg. Hab weiter nichts von ihr gehört und mich auch nicht gemeldet.« Dass es mich ständig eine übermenschliche Anstrengung kostet, sie nicht auf ihrem Handy anzurufen, sagte ich nicht.

»Hab das Gefühl, ich sollte erst die eine Baustelle aufräumen. Mit Laura klarkommen.«

»Ach – ?« Kurt schien überrascht zu sein.

»Ja. Ich hab nachgedacht. Es ist wirklich so, das, was ich am wenigsten aushalten kann, ist Lauras Leiden. Und auf dem Weg hierher hab ich mich entschlossen, ich werde mit ihr reden. Ich will sie um Vergebung bitten.«

»Hast du das nicht schon getan?«

»Nicht wirklich. Ich habe sie um Geduld gebeten und um Verständnis, was sie beides aber nicht hat.«

»Das heißt, du wirst Bea nicht mehr sehen –?«

Ja. Amputation. Nein.

Ich kann nicht. Nein!

»Ich denke, ich habe keine Wahl. Ja.« Eine Sekunde zuvor noch hatte ich nicht gewusst, dass ich das sagen würde. Jetzt stimmte es. Es hatte sich in mir fast ohne meinen Willen entschieden und ich war erleichtert. Auf einmal war ich von der Last des schlechten Gewissens befreit, ich atmete tief und frei. Und ich fühlte mich edel.

Edel, großzügig. Ich hatte meine kostbare lodernde Leidenschaft der Liebe geopfert.

Mein Handy surrte. Ich hatte vergessen, es abzustellen. Ach, ganz gut so, dachte ich, Laura war dran. Sie wäre sonst in ihrem Verdacht, dass ich bei Bea sei, bestärkt worden.

»Laura?«

»Bitte komm nach Hause. Jetzt.«

»Laura, ich bin bei Kurt. Auch deinetwegen, nur deinetwegen«, stammele ich. »Ich liebe dich«, sage ich noch. Sie glaube mir kein Wort. Ob ich ihr Kurt mal eben geben würde. Da raste ich aus, damit hat sie mich richtig verletzt. »Wenn du mir jetzt nicht glaubst, dann kann ich dir auch nicht helfen«, sage ich und drücke auf aus. Dann noch mal, schalte das Handy ab.

»Was war denn?«

»Sie spioniert mir nach. Und offensichtlich glaubt sie mir nicht, dass ich bei dir bin. Möglich, dass sie betrunken war, man merkt es ihr nicht an. Sie spricht dann immer noch artikuliert und klar.«

»Machst du dir Sorgen? Soll ich sie anrufen und ihr bestätigen, dass du hier bist?«

»Nein, lass das. Es ist unglaublich. In dem Moment, wo ich ihr Bea opfern will, misstraut sie mir. Ich renne ihr jetzt nicht mehr hinterher.«

»Na ja. Ist doch nicht ganz unberechtigt. Oder hast du ihr in den vergangenen Monaten immer die Wahrheit gesagt?«

Kurts Frage bewirkt, dass ich mich auf einmal mit Lauras Augen sehe, so klar, als hätte ein Blitz eine nachtdunkle Landschaft blendend erhellt. Wie sehr hatte ich sie verletzt. Hab sie ein Jahr lang betrogen. Sie, meine Geliebte, meine Frau. Laura, mein Mädchen.

»Nein. Hab ich nicht. Vielleicht habe ich alles kaputt gemacht. Vielleicht kann sie mir das nie vergeben.« Ich verberge mein Gesicht in meinen Händen.

Kurt steht auf, räumt die Teetassen weg und stellt eine Kerze auf den Tisch. Dann entkorkt er den Wein und schenkt uns ein.

»Lass uns darauf trinken, dass es wieder gut mit euch wird. Auf eure Ehe!«

»Möge es so sein«, sage ich, als wir anstoßen. Dann denke ich an Laura, stelle mir vor, wie unglücklich sie jetzt zuhause ist.

»Vielleicht sollte ich sie doch noch mal anrufen. Würdest du dann ein paar Worte mit ihr reden? Vielleicht könnte sie auch noch her kommen? Wenn es dir nichts ausmacht.«

»Klar. Probier's.«

Laura klingt kühl und bitter. Keine Chance.

»Schade. Ich kann sie verstehen. Wieso soll sie mir auf einmal glauben. Lügner, hat sie gesagt. Vielleicht denkt sie, ich hab das irgendwie schnell eingefädelt, mit dir. Hoffentlich – hoffentlich verzeiht sie mir irgendwann.«

»Du solltest dir verzeihen. Zunächst.«

»Was – ich mir?«

»Du dir, ja. Ich wollte dir ohnehin etwas erzählen, was ich erlebt habe. Von einem Menschen, der mich vergeben gelehrt hat.«

Jetzt kommt die Geschichte, die er im Café nicht erzählen wollte, denke ich. Ich mache die Ohren auf. Kurt spricht fast nie von sich selbst.

»Ich war fast noch ein Kind. Mein Vater ließ damals unseren Garten neu anlegen, und dafür kam ein Frühjahr und einen Sommer lang immer mal ein Mann zu uns, zum Arbeiten.«

Er macht eine Pause, trinkt einen Schluck, sieht mich an. »Mein Vater hatte den Apfelbaum fällen lassen. Das war nicht irgendein Baum, er war mein Freund gewesen. Ein alter Baum, ich liebte ihn. Es gab einen Platz zwischen den beiden dicken Ästen, in die der Stamm sich teilte, wo ich oft gesessen hatte. Weißt du, er war einfach gut zu mir. Ich hatte meinen Vater angefleht, das nicht zu tun. Aber der Baum war im Weg, da sollte ein Teich mit Seerosen hin, und außerdem – er war schon morsch, und er trug nicht einmal mehr Früchte. Er blüht doch so schön, wandte ich ein, bereits ohne Hoffnung. Am Tag danach sah ich den Stamm, dicht über dem Boden durchgesägt. Es war ein schrecklicher Anblick. Die Jahresringe, ein paar steile Splitter, das helle Holz, das aus dem Gras schimmerte. Ich setzte mich daneben. Ich dachte, vielleicht ist seine Seele noch da, irgendwie. Es war früh am Morgen, alle anderen schliefen noch. Ich hatte den Gärtner nicht kommen hören, er war auf einmal da und setzte sich zu mir. Er sagte nichts. Ich weiß nicht, Malte, ob du je so etwas erlebt hast. Er schwieg und dennoch war es, als ob wir miteinander redeten. Ich spürte, dass er um meine Trauer wusste. Es war als sei ich in seinen Armen und er tröste mich. Dabei saß er einen halben Meter weit weg von mir.

Von dem Tag an passte ich auf, wann er kam, und immer, wenn es irgend ging, war ich bei ihm. Ich habe mehr von ihm gelernt als auf der Schule und der Uni zusammen – und Wesentlicheres. Und das, ohne dass er viel sagte.

Das Erste, was er mir zeigte, war, dass der Apfelbaum in mir lebendig war. Und auch der Frieden, den ich von ihm bekommen hatte, und dass ich diesen Frieden an andere Menschen weiter geben konnte. Aber er sprach darüber nicht so, wie ich dir das jetzt erkläre. Er machte nicht viele Worte.

An dem Tag, als ich in der Schule beim Stehlen erwischt worden war und mich furchtbar schämte, rief er mich zu sich und bat mich, ihm zu helfen. Ich sollte ihm die Zweige einer Forsythie hoch halten, damit er darunter Pflanzlöcher für Immergrün machen konnte, und dabei fragte er mich, was los sei. Ich erzählte es ihm – dass ich Melanie so um ihren neuen Füller beneidet hatte, dass ich den einfach haben musste und mich dabei so ungeschickt angestellt hatte, dass gleich alles rausgekommen war. Und wie ungeheuer peinlich mir das war. Er nickte und sagte, wir Menschen machen alle Fehler. Dann wies er auf die Forsythie, es war ein Riesenbusch, und sagte, sieh mal, die ist mal aus einem so kleinen Samenkorn gewachsen. Er sagte das auf eine Weise, dass ich auf einmal sah, wie schön es ist, dass es Pflanzen gibt, dass sie keimen und so – das Leben. Als wir fertig waren mit dem Immergrün, fegte er meine Beschämung und mein schlechtes Gewissen weg. Er sagte, du bist ein ganz besonderer Mensch. Du hast eine wichtige Aufgabe in deinem Leben. Er sagte das mit einer Liebe, die vollkommen nüchtern war, ganz klar, schnörkellos. Und mit einer solchen Kraft, dass ich es als Tatsache nehmen musste. Es gab gar keine Wahl.«

Kurt schwieg, sah mich an wie von weit her. »Dreizehn war ich damals.«

Ich merkte, dass ich kaum mehr geatmet hatte, seufzte tief und trank einen Schluck.

»Es waren nicht die Worte, die er sagte, die waren fast nebensächlich. Oder zumindest nicht das Wesentliche. Es war seine Gegenwart. Er war wie ein Tor zu etwas anderem. Ich lernte einfach dadurch, dass ich bei ihm war. Wie als würde er auf mein Bewusstsein Wissen direkt übertragen, oder Einsicht. Klingt vielleicht seltsam. Und damals hätte ich das auch nicht so ausgedrückt. Aber mir wurde durch diesen grünen Gärtner das Herz geöffnet. Und seither – manchmal – sehe ich.

Er ließ mich immer helfen. Er zeigte mir so dies und das, wie man Rosenbüsche einpflanzt, anhäufelt und beschneidet, wie viel Wasser die unterschiedlichen Pflanzen brauchen und dergleichen. Dabei deutete er auf alles Mögliche. Einmal zum Beispiel auf einen Käfer. Er war winzig und grün und schimmerte, als wäre er mit ganz feinem Goldpuder überstäubt. Früher wäre mir der kaum aufgefallen. Als wir ihn beobachteten, da begriff ich, dass nichts selbstverständlich ist. Der Käfer nicht, die Welt nicht, ich nicht. Alles ist ein Wunder, und besonders dies, dass wir dies erkennen können. Unser Bewusstsein, das ist das größte Wunder.«

»Das hast du mit dreizehn erkannt?«

»Ja. Ich wäre damals fast untauglich geworden für die Schule. Ich bin den Sommer über rumgegangen und hab nur noch gestaunt. Nach den Sommerferien konnte ich mir im Unterricht nichts merken. Stattdessen sah ich die Lehrer in ihrem ganzen Wesen, wie entblößt. Anfang

Oktober war sein letzter Arbeitstag bei uns. Euer Garten wird jetzt ganz gut klar kommen, wenn du ein bisschen aufpasst, sagte er zu mir. Warte ab mit dem Unkraut. Du kannst es immer noch rausziehen, wenn du sicher bist, dass es wirklich Unkraut ist.«

Ich frage mich, ob er diesen Gärtner wohl je wieder gesehen habe, aber ich wage nicht, Kurt in seinen Gedanken zu stören. Das mit dem Übertragen von Einsicht scheint mir etwas märchenhaft. Wenn ich ihn nicht so gut kennen würde, würde ich glauben, er spinnt. Aber Kurt ist ein absoluter Realist, und Kurt lügt nicht. Nie. Selbst wenn es ihn das Leben kostete, würde er die Wahrheit sagen.

»Dass er mich als besonders bezeichnete bedeutete übrigens nicht, dass ich allein besonders sei. Er meinte, jeder Mensch sei besonders. Wir haben später noch mal darüber gesprochen. Und jeder habe eine Aufgabe, die nur er und kein anderer erfüllen könne.«

In all den Jahren unserer Freundschaft zusammengenommen hatte Kurt nicht so viel geredet wie gerade eben.

Was mag seine Aufgabe sein? Ich frage ihn nicht, habe das Gefühl, ich würde ihm zu nahe treten mit der Frage. Außerdem hat er das alles wohl erzählt, um mir zu helfen. Und wie? Was soll ich lernen daraus? Ich kann gerade nicht mehr so gut denken. Was ist los mit mir? Meine Präzision, meine Fähigkeit zu umfassender Bestandsaufnahme und treffsicherer Diagnose, das kann ich doch nicht alles in der Praxis gelassen haben? Kurts Raum ist so klar, so ruhig, da sollte ich doch auch klar denken können. Aber ich stehe wie im Nebel. Was hat Kurt gesagt? Es entschwindet alles gerade in Wirrnis. Dass der Gärtner sein schlechtes Gewissen weg gefegt hat, hat er gesagt. Wie? Weil seine Aufgabe irgendwie wichtiger sei? Will Kurt mir sagen, dass auch ich kein schlechtes Gewissen haben sollte? Aber kann man das vergleichen – ein Kind klaut einen Füller und ein Mann betrügt seine Frau? Ist doch eine andere Liga, oder? Nein, Kurts Erzählung hat mein schlechtes Gewissen nicht beruhigt. Es sitzt in der Magengegend und ist lebendig wie zuvor. Wie soll ich das schaffen, mir selbst zu verzeihen? Aber zugleich ist da eine Art Hoffnung. Als könnte ich einen Weg finden. Ich muss über die Geschichte nachdenken.

»Danke«, sage ich. »Danke, dass du mir das erzählt hast.«

Laura

Ich hatte Malte vorgeschlagen, dass wir Freitagabend essen gehen. In einem Lokal kann man nicht so leicht ausrasten, und ich wollte ein Grundsatzgespräch mit ihm führen. Wollte ihn bitten, dass er sich entscheidet für mich. Und wenn er das nicht oder noch nicht könnte, dann würde ich ihm die Scheidung vorschlagen. Mir kam mein Plan zwar ziemlich konstruiert vor. Aber so, wie es derzeit läuft, halte ich es nicht länger aus. Und wenn ich schon lerne, mich mehr zu lieben, dann ist es das mindeste, was ich für mich tun kann, dass ich versuche, Klarheit zu bekommen. Ich machte ihm den Vorschlag, als er morgens in die Praxis gehen wollte.

»Gute Idee«, sagte er, »aber lieber am Samstag.« Heute ginge nicht, da sei er mit Kurt verabredet. Kurt! Auf einmal. Ich lächelte sarkastisch.

»Kannst Kurt ja anrufen und fragen, wenn du mir nicht traust«, sagte er. Den Teufel werd ich, ich mache mich doch nicht lächerlich. Kurt ist sein bester Freund, bestimmt weiß er Bescheid und wird ihn decken.

Was fange ich an mit diesem Freitag? Was fange ich an mit mir? Nicht dass ich nicht genug Arbeit hätte. Zwei Artikel müssen bis Ende der kommenden Woche fertig sein. Und sie sollten perfekt werden. Ich will dabei an Frau Schrader denken und mit ganzem Herzen schreiben.

Aber ich will unbedingt auch etwas für mich tun. Es soll etwas viel Besseres sein, als Malte heute Abend mit ihr, der anderen, erlebt. Nicht einmal in Gedanken mag ich ihren Namen nennen. Das würde ihr zuviel Bedeutung geben.

Ich entwarf einen Plan. Zuerst drei Stunden schreiben, um den Artikel über Huskytouren in Lappland möglichst weit voran zu bringen. Dann eine Runde laufen, dann duschen, Haare waschen, frische Sachen anziehen, um mich besser zu fühlen. Dann eine Stunde Stille. Introspektion, oder wie auch immer man das nennen mag. Ich mache weiter damit, mich kennen zu lernen. Lasse meine Wut zu und alles andere auch, was in mir sein mag. Und danach? Irgendetwas Besonderes. Ausgehen. Aber wohin? Und mit wem?

Leute aus meinem Freundes- und Bekanntenkreis und die Orte, wohin ich mein wundes Herz in schickem Outfit tragen könnte, rauschten wie eine Kaskade bunter Mosaiksteine vor meinem inneren Blick herab. Von den Leuten blieben nur Malte, Frau Schrader, meine zwei Freundinnen Rita und Andrea und ein paar Freunde aus der Studienzeit übrig. Malte und Frau Schrader schieden aus, aus unterschiedlichen Gründen, und von den alten Freunden hatte ich seit mindestens zwei Jahren keinen gesehen. Rita oder Andrea müsste ich erzählen, wie es um uns steht, das geht nicht. Und Konzert, Oper, Theater taugen nicht als Trost, wenn man Kummer hat. Auch Kino nicht. Essen gehen war just das, was ich mit Malte hatte machen wollen. Seit langem habe ich wieder etwas Appetit. Aber allein essen zu gehen wäre keine Freude. Was dann? Mir fiel nichts ein. So schob ich die Entscheidung auf, mit einiger Nervosität. Ich war entschlossen, etwas Tolles zu erleben – und wenn ich nun nichts fand? Mir fällt schon noch etwas ein, versuchte ich mich zu beruhigen.

Anfangs klappte alles, zum Teil sogar besser als ich es erwartet hatte. Die erste Fassung des Textes über Schlittenhundexkursionen war in zwei Stunden fertig. Seit dem Gespräch mit Frau Schrader vor zwei Tagen hatte ich keinen Alkohol getrunken, weil ich ernsthaft versuchen wollte, mich wertzuschätzen. Abends wäre ich mir selbst fast untreu geworden, aber genau dieses Wort – untreu – bewirkte, dass ich standhaft blieb. Wenn der liebste Mensch mir schon untreu ist, dann will wenigstens ich selbst mir treu bleiben. Das wirkte. Ich schlief erstaunlicherweise auch viel besser als in den Wochen zuvor. Und auch das Schreiben war mir zum ersten Mal wieder leicht gefallen. Ich legte den Artikel zum Kürzen weg. Ich schlafe immer mindestens eine Nacht zwischen Entwurf und Überarbeitung. Nach dem Laufen hatte ich sogar zum ersten Mal seit Wochen richtigen Hunger und machte mir ein ordentliches Mittagessen, Spaghetti mit Pesto.

Das Unglück überfiel mich plötzlich beim Duschen. Ich sah mich im Spiegel, sah, wie mager ich geworden war. Was soll ich mit diesem Körper, wenn Malte ihn nicht mehr begehrt. Wie schön du bist, meine Geliebte, hatte er so oft gesagt, wenn wir morgens aufstanden. Und abends, wenn ich mich auszog. Wie schön bist du, meine Frau, meine wunderbare Frau. Jetzt begehrt er die andere, sagt ihr, dass sie schön ist, umarmt sie, liebt sie. Wie schön und lebendig hatte ich mich gefühlt, von seinen Blicken, seinen Händen gestreichelt. Geliebt. Die Erinnerung an seine Stimme voller Zärtlichkeit stieß mich in eine Wüste, absoluter Leere ausgeliefert. Es war, als hätte mich bislang etwas geschützt und sei nun weg gebrochen, so dass der eisige Wind eines feindlichen Universums auf mich einschlug. Da war nicht einmal mehr Zorn auf Malte, es war nur Schmerz, der mich bis in die Knochen hinein durchdrang, ein Feuer aus Eis. Der Schmerz durchdrang jedes Partikel meiner Existenz, und jedes Partikel war Einsamkeit, ausweglos. Ich wusste in diesen Augenblicken mit erbarmungsloser Klarheit um die Einsamkeit jeglicher Existenz. Keine menschliche Berührung, kein Wort der Zärtlichkeit könnte mich wärmen. Die letzte Wahrheit ist die Verlassenheit jeder Kreatur. Die Welt ist leer und jeder ist allein. Die Natur fühlt nicht mit ihren Lebewesen, blind und taub ist sie. Ein augenloser Himmel, eine Erde ohne Herz, kalte Sterne – nichts birgt uns. Ich war nicht mehr ich, ich war der Schlund des Universums, die brüllende Leere. Ich schrie, und ich konnte nicht aufhören. Während ich schrie, dachte ich, was, wenn die Nachbarn mich hören. Was, wenn die den Rettungsdienst alarmieren? Aber es schrie aus mir, es hörte nicht auf. Ich war erbarmungslos meiner Persönlichkeit entkleidet und war zugleich selbst die Erbarmungslosigkeit, war nichts als ein Eissturm. Dann, ich weiß nicht nach wie viel Zeit, fasste ich mich und zog mich an, so schnell wie möglich, verließ die Wohnung. Zum Glück begegnete ich niemandem. Wollte nur weg, mich verstecken vor dem Rettungsdienst. Wer weiß, wenn gerade keine größere Katastrophe passiert ist, titelt die Abendzeitung noch »Schreikrampf – Neurologenfrau in Klapse« oder ähnliches.

Als es dämmerte, befand ich mich am Rand eines Sportplatzes auf einer Bank. Ich hatte keine Ahnung, wie ich in diese fremde Gegend gekommen war. Ich ging geradeaus, bis ich eine Bushaltestelle fand, orientierte mich am Fahrplan und fuhr heim. Als ich zuhause war, war es dunkel geworden. Ich war leer, ich war ratlos. Ich brauchte Malte. Aber Malte ist bei dieser – bei der anderen. Wahrscheinlich sitzt er mit der jetzt in einem Restaurant, sie trinken Prosecco, flirten. Oder sie sind schon im Bett – nein, dafür ist es noch zu früh. Ach, wer weiß. Wahrscheinlich hat er sein Handy nicht mal an.

»Laura?«

Seine Stimme. Hoffnung, auf einmal hell. Bitte, bitte komm. Ich kann nicht mehr. Malte, bitte leg nicht gleich auf. Bitte hör mich. Hör mich mit den Ohren deines Herzens. Es ist notwenig.

»Bitte komm nach Hause. Jetzt.«

»Laura, ich bin bei Kurt. Auch deinetwegen, nur deinetwegen«, sagt der fremde Mann an Maltes Handy.

Absturz.

Ich glaube dir kein Wort. Ob ich Kurt denn mal sprechen könne, jetzt sofort, sage ich, nur so zum Hohn – ich weiß ja, dass er mit der anderen Prosecco trinkt. Natürlich nicht. Malte sagt irgendetwas Beleidigendes. Wie immer, wenn er im Unrecht ist, gibt er mir die Schuld. Ich habe das zwar immer von mir gewiesen, innerlich aber bis jetzt meist als berechtigt empfunden. Irgendwie bin immer ich Schuld und er hat immer Recht. Jetzt nicht. Jetzt bin ich im Recht. Und? Was hilft mir das? Gar nichts. Selbst wenn er lügt, stellt er sich über mich. Das ist so drin in seinem Denken, dass er auf gar nichts anderes kommt. Meinetwegen sei er bei Kurt, hat er behauptet, nicht unseretwegen. Als ob ich die Probleme machte und nicht er. Er, der Facharzt, er, der große Gerechte, er, der Vollkommene. Bah.

Meine Freundinnen beneiden mich darum, dass ich mit einem Doktor der Medizin verheiratet bin. Für mich hat es auch Nachteile. Der größte ist der, dass Malte mir jederzeit, wenn er meint, dass es nötig wäre, eine Spritze verpassen kann, die mich ruhig stellt. Das ist etwas, wovor ich wirklich Angst habe. Ich habe ihm das nie gesagt. Ich befürchte, er werde dann vermuten, ich ahnte oder wisse, dass ich gefährdet bin. Was ja auch stimmt. Aber gibt es denn überhaupt einen einzigen Menschen, der nicht manchmal Angst vor dem Verrücktwerden hat? Aus Angst, dass mich der andere befremdet ansehen könnte, habe ich noch nie gewagt, jemandem diese Frage zu stellen. Ich bin sicher nicht die Einzige, die Angst vor Wahnsinn hat, aber vielleicht bin ich damit bereits ein Fall für die Psychiatrie? Oder weiß jeder, dass er diese Gefahr in sich trägt, und man schweigt, weil es ein Tabu ist?

Im Spiegel erscheint ein zersplittertes Gesicht. Selbst ein weniger Fachkundiger als Malte würde mir alles ansehen, den Sturm aus Eis, die Panik, die Einsamkeit. Ich habe Angst vor Malte, Angst vor der Spritze. Mit einem Facharzt für Neurologie sollte man nur in guten Zeiten verheiratet sein, wenn das Glück einen unverwundbar macht.

Malte wird nicht vor zwei nach Hause kommen. Ich gehe am besten ins Bett und stelle mich schlafend, dann sieht er nichts und tut mir nichts.

Ich hatte gerade mein Nachthemd angezogen, da kam er. Es war erst halb zwölf.

»Laura, bitte glaub mir. Es tut mir Leid, mehr als ich sagen kann, dass ich dich belogen und betrogen habe. Ich schwöre dir, ich werde das nie wieder tun. Und heute war ich wirklich bei Kurt.«

Unglaublich, wie dieser Mann lügen kann, so überzeugend, dass ich ihm wahrscheinlich sogar geglaubt hätte.

»Aha. Kurt trägt wohl neuerdings Lippenstift?«

»O Gott. Laura – «

»Kannst du mich jetzt bitte in Ruhe lassen. Ich möchte schlafen.«

Malte

Es stimmt, auf meinem Hemdkragen waren Lippenstiftspuren. Zuallererst war ich bloß deswegen wütend auf mich. Wie kann man so blöd sein, so ein Hemd nicht sofort in der Schmutzwäsche zu verstecken, nein, besser, zur Reinigung zu bringen. Stattdessen ziehe ich es nochmals an. Hatte es übersehen. Mist. Vielleicht wäre ohne das nicht alles verloren gewesen, vielleicht hätte sie mir doch noch geglaubt.

Mein Ärger musste irgendwie raus, so tat ich etwas ziemlich Unsinniges. Ich ging runter in den Hof, zog das Hemd aus und stopfte es in eine der Mülltonnen unter den anderen Abfall, so tief ich konnte.

Laura war ins Bett gegangen. Ich setzte mich ins Wohnzimmer. Mein Ärger über mich wurde von Sorge um sie verdrängt. Sie hatte ausgesehen als habe sie ein Massensterben, einen Tsunami oder etwas dergleichen überlebt. Dabei gefasst, wie versteinert. Wie soll das nur weitergehen. Ich wollte mir ein Glas Wein einschenken, bremste mich aber. Du brauchst jetzt einen klaren Kopf, Junge, hast bei Kurt genug getrunken. Ich mache mir einen Kaffee. Ja, wie soll es weitergehen. Ich will mit Laura leben. Ich möchte, dass wir Kinder haben. Ich sage mich von Bea los. Werde Bea ein letztes Mal treffen, um es ihr zu sagen. Nicht bloß schreiben, das ist feige. Aber Laura. Was kann ich tun, damit sie mir verzeiht? Wie werde ich glaubwürdig für sie?

Wir müssten noch einmal von vorn anfangen. Ohne die Fehler und Versäumnisse. Besser aufpassen, behutsamer sein, besser hinschauen.

Am liebsten würde ich gleich noch mal zu Kurt gehen. Er wüsste Rat. Kurt schläft aber längst. Na und? Morgen – oder ist es schon heute – ist Samstag, man kann ausschlafen. Wozu hat man einen Freund, wenn man nicht in der Not zu ihm kommen kann?

Nein. Es ist spät, ich lasse das. Ich versuche mir selbst zu raten, denke mir aus, was Kurt sagen würde.

Ich versuche, mir Kurts Gesicht vorzustellen. Vergeblich. Viele dunkle Locken, sein Kinn im Profil – die Details fügen sich zu keinem Bild zusammen. An den Klang seiner Stimme und an seine Worte kann ich mich besser erinnern. Nichts ist selbstverständlich, hatte er gesagt, alles ist ein Wunder. Und dass ich mir vergeben solle. Dort in seinem Raum voller Frieden, wo eine Kerze leuchtete und nichts Unnötiges herumstand, da hatte das Sinn gemacht. Hier, nur ein paar Meter von meiner Frau entfernt, der ich über die Maßen weh getan hatte, bin ich ratlos, wie ich diese Weisheiten umsetzen soll. Ihr Schmerz, meine Schuld, meine Reue blockieren mich.

Als Kind habe ich nicht begreifen können, dass Menschen Verbotenes tun. Aber das dürfen die doch nicht, meinte ich. Sie tun es trotzdem, dafür werden sie dann bestraft, sagte mein Vater. Ich kriegte bald mit, dass die Strafe durchaus nicht selbstverständlich erfolgte. Angesichts der Ungerechtigkeiten dieser Welt verstand ich nicht, wie man an einen gerechten Gott glauben kann. Ich aber, ich für meinen Teil würde gerecht sein. Ich schwor mir, nie im Leben irgendeinem Menschen Unrecht zu tun. Versuchte, diesem Ideal gemäß zu leben und hielt mich für einen guten Menschen. Insgeheim hielt ich mich für gerechter als Gott. Und nun habe ich Laura beschädigt, das Liebste, was ich habe auf der Welt. Und damit auch meine Vollkommenheit. Mich selbst bedaure ich fast mehr als Laura.

Ich sehe zum Fenster hinaus. Über den Dächern ist ein ungeheurer Sternenhimmel. Ich werde Kurt fragen, wie ich es anfangen soll, mir zu verzeihen. Und ich hoffe, dass dies der Schlüssel dafür sei, dass auch Laura mir vergeben werde. Tut sie das nicht, dann weiß ich nicht, wie ich damit leben soll.

Laura

Ich habe fast so etwas wie Mitleid mit Malte. Da kommt er extra relativ früh nach Hause, hat sich vorzeitig und unter Mühen aus der Umarmung gewunden, doch daheim entdeckt der Falkenblick seiner Frau die Spuren des Vergehens.

Mein Sarkasmus ist kein Trost, tut nur weh. Hör auf damit, sage ich mir, kümmere dich um dich und guck nicht auf das, was dich verletzt. Ich drehe mich auf die Seite in meine Lieblingsschlafstellung und wünsche mir, so schnell und tief einzuschlafen, dass ich es nicht hören werde, wenn Malte kommt. Stattdessen ist der Schmierfleck auf seinem Hemdkragen vor meinen Augen und die Szene, wie er entstanden war. Ich habe Bea nie gesehen. In meiner Phantasie hat sie eine Kaskade dunkler Locken und sieht im Übrigen den Frauen beim Karneval in Rio ähnlich, braungebrannt, erotisch, geschmeidig. Sie verschiebt den Kragen mit dem Fleck und macht Malte einen Knutschfleck am Hals. Dann wird sie zu einer Mischung von Frau und Ozelot, und Malte spielt mit ihr. Es ist unerträglich. Was soll ich bloß tun. Ich will das nicht. Ich will schlafen. Jetzt brauche ich doch ein Bier, oder zwei. Aber Malte ist noch auf, der würde das mitkriegen. Ach, egal. Aber er würde mich sehen, das will ich nicht. Bier wäre okay, das macht nur einen nebligen Schutz, macht den Schmerz unwirklicher und weicher, aber Malte kommt womöglich auf den Gedanken, mich zu beruhigen, mit Chemie. Ich nehme keine Schlaftabletten, und Beruhigungstabletten schon gar nicht. Mein bisschen Bewusstsein ist mir heilig. Also los, schlaf ein, es geht auch ohne Bier, befehle ich mir. Und morgen werde ich froh sein, dass ich heute wieder nichts getrunken habe.

Es geht nicht. Gefühle von Wut und Schmerz, Bilder von Maltes Untreue, Rache- und Mordphantasien wirbeln durcheinander wie Schneeflockentreiben bei Sturm. Nur gut, dass ich allein im Bett liege. Ich hasse ihn so sehr, ich hätte seine Gegenwart nicht ausgehalten. Und unter dem Hass ist eine mächtige Gegenströmung, da sehne ich mich danach, dass er neben mir läge, mich umarme, mich liebe und alles wäre gut.

Und morgen, nein heute ist Samstag. Ob er noch daran denkt, dass wir essen gehen wollten? Eigentlich bin ich dazu nicht in der Lage. Aber wenn ich ablehne, wird er sich wieder mit der anderen treffen. Na und wenn schon, soll er doch. Ich will ihn nicht mehr. Ich hasse diesen Mann. Wirklich? Ja. Wirklich. Ich liebe ihn. Sonst würde ich ihn nicht so hassen. »Odi et amo« in der Vertonung von Orff kommt mir in den Sinn. Odi, ich hasse, kurz und entschieden. Und ich liebe, das amo steigt in immer hellere Höhen, bis es auf dem o zärtlich verklingt. Warum ich das tue – qua re id faciam – mit bohrenden Schlägen zweimal wiederholt, eine Frage, auf die es keine Antwort gibt: nescio, ich weiß es nicht, in ausweglöser Qual. Darauf in derselben Höhe ein langer dissonanter Riss: sed fieri sentio, sed fieri sentio: aber ich fühle, wie es tut, et excrucior: und ich werde gekreuzigt. Mein Herz schlägt im Orffschen Rhythmus, der Gesang wiederholt sich in einer Endlosschleife, bis der Schmerz Catulls in tieferem Dunkel verklingt.

Samstag, 7. September

Laura

Wenn man nicht weiß, was man tun soll, überlässt man der Gewohnheit das Regime und lässt alles einfach weiter laufen wie bisher. Wenn ich zum Beispiel in den vergangenen Wochen nachts nicht einschlafen konnte, blieb ich im Bett und quälte mich. Besser wäre ich aufgestanden und hätte irgendetwas gemacht. Für meinen nächsten Text recherchiert, Schuhe geputzt – alles wäre besser gewesen als mich im Bett von einer Seite auf die andere zu drehen, um den Gedanken an Malte in den Armen der anderen zu entkommen.

Wie gewohnt frühstückten wir, lasen dabei die Wochenendausgabe der Süddeutschen Zeitung, sprachen über Belangloses. Dann putzten wir die Wohnung wie jeden Samstag. Er den Flur, das Wohnzimmer und die Küche, ich das Bad, die Toilette, das Schlafzimmer und mein Arbeitszimmer. Wenn Malte arbeitet, sitzt er im Wohnzimmer an dem Sekretär, den er von seinem Vater geerbt hat. In meinem Arbeitszimmer stehen das Notbett für Gäste, Bügelbrett und Wäscheständer und alles, was man aus dem Weg haben will. Wenn wir ein Kind haben, wird es das Kinderzimmer. Beim zweiten Kind werden wir umziehen, vielleicht aufs Land.

Werden wir ein Kind haben? Bis zu jener Nacht Anfang Januar haben wir immer mal darüber gesprochen. Seit mir klar wurde, dass Malte diese Bea immer noch trifft, schlafe ich kaum mehr mit ihm, und schon gar nicht in der Zeit um meinen Eisprung herum.

Malte ging nett mit mir um als wolle er mich schonen. Ich war auch freundlich zu ihm, ungefähr in der Weise, wie ich es zu Fremden wäre, die im Hotel am selben Frühstückstisch mit mir sitzen. So kann man auch leben, dachte ich. Auf brüchigem Boden über Tiefen, wo die Leere des Weltalls klafft, machen wir Einsamen Blabla.

Wir beschlossen, abends essen zu gehen. Vor die Entscheidung, wie ich es eigentlich vorhatte, werde ich ihn heute nicht stellen, dazu bin ich inzwischen zu schwach geworden. Ich hatte ihm ja nichts davon gesagt.

Gegen fünf klingelt das Telefon. »Hallo Laura, hier ist Kurt. Wie geht's dir?«

Er wird fragen, ob Malte morgen was mit ihm machen will, um Malte zu decken, während der sich mit ihr trifft, denke ich, während ich sage, »hallo Kurt, schön, deine Stimme zu hören. Es geht so, danke. Und du, wie geht es dir?«

»Sehr gut. Habt ihr morgen schon was vor? Das Wetter ist so schön, ich hatte gedacht, wir könnten in die Berge gehen. Nach Bayrischzell fahren und dann auf den Vogelsang, der ist nicht so überlaufen. Was hältst du davon?«

»Wie, du meinst, zu dritt?«

»Ja. Ich würde mich freuen, dich auch mal wieder zu sehen. Oder geht es nicht bei euch?«

»Das ist eine prima Idee. Warte, ich gebe das Telefon mal Malte, ja?« Ich brauche Zeit. Es hört sich so an, als ob Kurt wirklich mit uns beiden bergwandern möchte. Ich würde Kurt zwar gern wieder sehen, aber nicht gerade jetzt. Und wenn ich die beiden allein gehen lasse und Frau Schrader frage, ob ich sie noch mal treffen kann? Oder war das nur ein Vorwand und die beiden rechnen damit, dass ich nicht mitgehe, damit Malte sich wieder mit ihr treffen kann?

Inzwischen hat Malte zugesagt. »Gute Idee von Kurt, oder?« Offensichtlich war es also kein Vorwand. Aber was ist es dann? Wieso ruft Kurt ausgerechnet jetzt an? Stimmt, das Wetter ist wirklich ideal, und im vergangenen Jahr waren wir auch um diese Zeit zusammen in den Bergen, mit noch ein paar Freunden. Aber vielleicht, nein, bestimmt weiß Kurt, wie es um uns steht. Er ist Maltes bester Freund. Vielleicht möchte er helfen. Eheberatung – nein, danke.

Ich weiß nicht. Vielleicht wäre es auch eine Chance. Aber lieber würde ich mit Frau Schrader reden.

Als Malte im Keller ist, rufe ich sie an. Komisch, denke ich, dass ich das hinter seinem Rücken tue, aber mir ist wohler so. Es geht ihn ja auch nichts an. Und wenn sie keine Zeit hat, würde er gar nicht erfahren, dass ich lieber sie gesehen hätte als in die Berge zu gehen.

Ja, sie würde sich freuen. Bei mir? lieber wäre es ihr, wenn ich noch mal zu ihr kommen würde. Und ich solle daran denken, meine Gedichte mitzubringen.

Malte reagiert überrascht. Na gut, sagt er schließlich, als er begriffen hat, wie ernst es mir damit ist. Dann gehe ich halt allein mit Kurt. Er scheint enttäuscht. Was hatte er sich wohl von dem Ausflug zu dritt versprochen?

Malte

Dieser Tag ist der schwärzeste meines Lebens. Mir ist als sei ich aus Pappe. Die Realität ist fern und fremd, sie betrifft mich nicht. Alles aus Pappe. Nur in mir drin fassungslose Scham. Alles ist anders als ich bislang wähnte. Alles? Nein, nur ich bin ein anderer.

Dr. med. Salburg, der kompetente Arzt, der die Schmerzen seiner Patienten zu lindern sucht, was tut er seiner eigenen Frau an? Malte, der Skipper, erfahren und zuverlässig – wie stark und stolz habe ich mich gefühlt, als bei unserer Verlobung ein paar Kumpel von Abenteuern in schweren Wettern erzählten und Laura sagte, »wenn du da bist, fürchte ich mich vor gar nichts. Da kann das Boot noch so umeinander geschleudert werden. Bei dir bin ich sicher.« Und diese Frau, die mir bedingungslos vertraute, habe ich in den Alkohol und in einen Suizidversuch getrieben. Der liebevolle Ehemann, der seine Frau beschützt vor aller Unbill und sie glücklich macht – nichts da. Ich bin da für dich, wenn du Kummer hast, Geliebte, komm, wein dich aus bei mir, ich nehme dich in meine Arme und tröste dich. Ja, so ein Mann dachte ich für Laura zu sein. Nichts da. Scham, Scham und Schande.

»Edel sei der Mensch, hilfreich und gut« – nichts da. Hell, klar und zuverlässig wollte ich sein – nichts da. Mein apollinisches Ideal – reine Illusion. Die Realität ist, dass ich ein mickriger Betrüger bin. Wieso habe ich mit dieser Wahrheit ein ganzes Jahr gelebt, ohne sie mir einzugestehen? Hab gelogen, nicht nur Laura belogen, zuallererst mich selbst. Das ist das Allerschlimmste. Hab so getan, als hätte ich zwei parallele Leben. Doch ich bin einer. Ein Mensch, ich, Malte Salburg. Und ich lebe in einer einzigen Wirklichkeit. Ich habe nicht bloß Mist gebaut, ach, das wäre ja harmlos. Genau das, was ich nie tun wollte, habe ich getan. Und habe vor mir selbst so getan, als wisse ich es nicht. Habe mich blind gestellt, mich vor meiner eigenen Wahrheit versteckt.

Wir frühstücken. Die Semmel ist aus Pappe, der Orangensaft schmeckt bitter. Die Süddeutsche besteht aus Kringeln auf Papier.

Laura sagt so dies und das, ganz harmlos. Ich antworte so dies und das, scheinbar normal. Ich bin ein Schwarzes Loch, gefangen in meiner eigenen Ausweglosigkeit. Alles was hell war, alle Leichtigkeit wird zu bedeutungsloser Schwere in mir.

So schleicht die Zeit dahin. Mein Herz, ein dunkler Klumpen Ratlosigkeit. Mit jedem Atemzug schwerer und leerer. Ich bemühe mich zu funktionieren. Nichts macht Sinn. Wie abgespalten diagnostiziert mein Berufs-Ich eine beginnende Depression.

Dann – Hoffnung auf Rettung. Dem Schwarzen Loch wird Atem ermöglicht, es beginnt sich auszudehnen: Kurt ruft an, schlägt eine Wanderung vor. Wenn irgendjemand helfen kann, wenn einer Ordnung in dieses Wirrsal bringt, dann ist es er. Die Bergsachen aus dem Keller zu holen erscheint mir wie eine symbolische Handlung, und auch, dass wir zu dritt einen Berg besteigen werden. Aus der Tiefe zum Licht. Kurt, der Seelenführer, zeigt uns den Weg aus dem Abgrund zum Gipfel.

Laura aber will nicht mit gehen. Laura wird eine ehemalige Lehrerin besuchen. Ich verstehe nicht, was sie da will. Nun gut, ich kann es nicht ändern.

Sonntag, 8. September

Laura

Kurt hat Malte früh abgeholt, als es gerade eben anfing, hell zu werden. Ich habe einen halben Tag für mich, ehe ich zu Frau Schrader gehe. Ich versuche noch mal einzuschlafen, bin aber zu unruhig. Phantasievorstellungen von Maltes Untreue und Rachegedanken wirbeln mich umher, als wäre ich ein trockenes Blatt im Wind. Ich sollte Malte verzeihen, das wäre edel, und vielleicht hätte ich dann Ruhe. Aber wie kann man jemandem verzeihen, wenn der nicht einmal bereut? Ist Einsicht in das Vergehen und Reue nicht eine Voraussetzung für Vergebung?

Ich sollte mich selbst mögen, mich wertschätzen, hat Frau Schrader gemeint. Aber wie? Wenn ich nicht geliebt werde, fühle ich mich wertlos. Wofür sollte ich mich mögen? Was ist schon Besonderes an mir? Blöderweise fallen mir nur die Welsh rarebits ein, von denen Malte sagt, ich würde sie einmalig gut machen. Niemand kann so gute Welsh rarebits machen wie ich, sage ich laut und fange an zu weinen. Es kann doch nicht wahr sein, dass ich nichts anderes als überbackene Käseschnitten machen kann. Also komm, Laura, du quälst dich jetzt bewusst und absichtlich. Hör auf. Nimm dich ernst. Was an dir ist liebenswert?

Ich gebe mir Mühe, aber es gelingt mir nicht. Ich finde keine Antwort. Und zwar deswegen nicht, weil ich mich nicht selber sehen, mich mir nicht vorstellen kann. Unwillkürlich muss ich mir immer vorstellen, wie Malte mich sieht. Was an mir gefällt ihm? Und sofort schießt der Schmerz hoch, die Frage, was fehlt ihm, was er bei der anderen findet?

Ich stehe auf, dusche und vermeide es, länger in den Spiegel zu sehen, als es zum Zähneputzen und Kämmen nötig ist. Später finde ich eine wenn auch magere Antwort auf die Frage. Meine Sehnsucht nach Malte, die wenigstens ist stark, und die vielleicht macht mich liebenswert.

Auf dem Weg zu Frau Schrader überlege ich, ob ich sie bitten solle, mich zu duzen. Aber ich bin nicht mehr jung genug für ein einseitiges Du von ihr zu mir. Für ein gegenseitiges Du obliegt ihr die Initiative, nach Pappritz. Außerdem ist sie seit Mittwoch noch mehr als früher meine Lehrerin. Das, was ich von ihr erhielt, war mehr, als Rita, die sich für Esoterik interessiert, von einem noch so berühmten Guru erwarten könnte. Und einen verehrten Meister duzt man nicht. Es sei denn, man ist in einer New-Age-Community, wo alle sich duzen und nackt umeinander hüpfen. Brr. Ohne mich. Doch im tiefsten Herzen sehne ich mich danach, in ihren Armen zu liegen und weinen zu dürfen. Mit allem Kummer und Ungereimtheiten so sein zu dürfen wie ich bin.

Ich hatte ihr einen üppigen Strauß bringen wollen, hatte mir bereits ausgemalt, was für einen. Ich kann Blumen zu Zaubersträußen zusammenstellen. Ich nehme nie fertig gebundene, ich komponiere sie selbst. Um diese Zeit gibt es noch Rittersporn, die kleinen orangefarbigen Disteln, Rosen und Lilien sowieso, und dann hätte ich geschaut, was sie noch haben in der Blumenhandlung. Es wäre ein prächtiger Strauß geworden. Aber ich hatte nicht bedacht, dass die Blumenläden am Sonntag geschlossen sind. Den Umweg über den Hauptbahnhof wollte ich nicht nehmen, vor allem, weil sie dort wenig und zudem überteuerte Ware anbieten. Nun, dann werde ich ihr einen in der kommenden Woche vorbeibringen, überraschend, nehme ich mir vor.

Sie hatte wieder Tee gekocht. Diesmal fällt mir ein, woran der Duft mich erinnert: an die Nachmittage, an denen wir uns zum Literaturkreis hier getroffen hatten. Damals hatte es den gleichen Tee gegeben.

Wehmütig denke ich an die vergangene Jugend, an das Mädchen, das ich mit siebzehn gewesen war. Die schönen Tage von Aranjuez sind nun vorbei – wo kommt das vor? Schiller, glaube ich. Don Carlos? Egal, es trifft jetzt jedenfalls auf mich zu.

»Frau Schrader, Sie sind meine Rettung. Ich weiß nicht, was ich ohne Sie täte. Und ich möchte so gern auch für Sie etwas tun. Bitte geben Sie mir die Gelegenheit. Sagen Sie mir, in welcher Weise könnten Sie meine Hilfe brauchen?«

»Vielen Dank, Laura. Es ist mir eine Freude, dass Sie sich mir anvertrauen. Das ist genug Geschenk.« Der helle Raum breitet die Arme für mich aus.

»Wenn Sie mich jemals brauchen können, in welcher Weise auch immer, lassen Sie es mich wissen, bitte. Es wäre eine Ehre für mich.«

Sie nickt. »Danke. Erzählen Sie. Wie geht es inzwischen bei Ihnen?«

»Also etwas, was Sie mir empfohlen haben, hab ich umgesetzt. Ich habe versucht, mich mehr zu mögen, hab zum ersten Mal seit langem wieder gejoggt, hab mich besser ernährt.« Fast hätte ich hinzugefügt, dass dies vor allem darin bestand, dass ich seither kein Bier getrunken habe. »Aber manches ist ganz anders gelaufen, als ich gedacht hatte. Ich wollte meinen Mann vor die Entscheidung stellen, zwischen mir und der anderen Frau. Das ging nicht, weil er sich mit ihr verabredet hatte für eben den Abend. Da bin ich an die Grenzen meiner Kraft gekommen.«

»Ach. Ja, das kann ich mir vorstellen. Ist es denn sicher, dass er dieses Verhältnis aufrecht erhalten wird? Ich meine, könnte es nicht sein, dass er sich mit ihr traf um es zu beenden?«

Auf den Gedanken war ich nicht gekommen. Ich denke nach. Aber hätte er mir das dann nicht gesagt? Immerhin könnte das der Grund dafür gewesen sein, dass er so zeitig heim gekommen war. Aber der Lippenstift spricht dagegen.

»Das ist unwahrscheinlich. Auf seinem Kragen waren Spuren von

Lippenstift.« Unvermittelt schäme ich mich. Ihr weicher Berberteppich ist so weiß. Mir ist, als stünde ich mit Stiefeln voller Kot auf ihm. In diese heil'gen Hallen, denke ich, gehören keine so erbärmlichen Geschichten von Untreue und Eifersucht. Dennoch sage ich, »ich kann mir nicht helfen, aber ich hasse ihn jetzt. Bisher habe ich immer noch zu ihm gehalten, habe außer Ihnen auch noch keinem Menschen von all dem erzählt. Nicht einmal meinen beiden Freundinnen. Ich habe befürchtet, dass die es unter Umständen weiter erzählen würden, und wenn der Zufall es will, erführen es seine Patienten. Ich wollte ihm nicht schaden. Also – nicht, dass ich das jetzt tun will, ich erzähle das nur um zu sagen, wie sehr ich zu ihm hielt.«

»Und jetzt?«

»Jetzt könnte ich explodieren vor Wut. Ich weiß nicht, was ich ihm antun würde. Am liebsten würde ich ihn so quälen wie er mich die ganze Zeit gequält hat.« Ich erzähle Frau Schrader von den Wölfen, die mich im Traum verfolgt hatten, und dass sie meine Wut symbolisieren, die mir vorher nicht bewusst war. Und dass ich diese Wölfe jetzt auf Malte hetzen will.

Sie nickt. »Ich verstehe.«

Meine Hände zittern heute nicht, aber innerlich friere ich und zittere vor Wut.

»Stellen Sie sich einmal vor, Laura, eine Mutter erlebt, dass ihr Kind von anderen gequält und geschlagen wird. Die Täter sehen die Mutter kommen und rennen weg. Die Mutter kann jetzt hinterher laufen um sie zu bestrafen, oder sie kann sich um ihr heulendes Kind kümmern. Was würden Sie tun, wenn Sie die Mutter wären?«

»Mich um das Kind kümmern.«

»Ja. Tun Sie das.«

Ich bin verblüfft. »Wie meinen Sie das?«

»Im Augenblick sind Sie wütend auf Malte, überlegen, wie Sie sich rächen können. Derweil bleibt Ihr verletztes Herz ungetröstet.«

»Ach so – meinen Sie, ich müsste mich selbst trösten?«

Sie nickt. Ich komme mir unendlich einsam vor bei diesem Gedanken. Eben noch hatte mich dieser freundliche Raum umarmt, jetzt bin ich wieder in der Leere eines erbarmungslosen lichtlosen Weltalls verloren.

Sie sieht mich nachdenklich an. »Sagen Sie, Laura, mögen Sie mir erzählen, wie Sie Ihren Mann kennen gelernt haben?«

»Das war beim Hochseesegeln in Griechenland.« Ich sehe zum Fenster hinaus, muss mich besinnen. Die Wirklichkeit von damals war so anders als die Gegenwart. So weit, so hell, so heiter.

»Ich machte damals ein Volontariat bei einer Windsurf- und Segelzeitschrift, es war mein erster größerer Artikel, den ich eigenverantwortlich zu schreiben hatte, über Segeln im griechischen Archipel. Wir waren sechs Personen auf einer Zwölf-Meter-Yacht, Malte war Skipper. Das heißt, er hatte das Kommando. Er stammt von der Küste, wissen Sie, hat schon als Kind gesegelt und als Student damit sein Geld verdient, auf Charteryachten. Er ist athletisch, sehr sportlich, er macht auch Aikido. Er hat blondes Haar und blaue Augen mit grünen und braunen Sprenkeln drin, und damals war er dunkelbraun gebrannt. Es waren aufregende Tage, schön, aber viel Starkwind, und ich hatte nicht viel Ahnung vom Segeln. Malte hat mir mit unendlicher Geduld alles beigebracht. Allein den Palstek hat er mir zehn Mal gezeigt, das ist ein schwieriger Knoten, den man aber ständig braucht. Ich stellte mich ziemlich blöd an. Und auch beim zehnten Mal war er genau so geduldig und freundlich wie beim ersten Mal. Er sah toll aus, so braungebrannt und durchtrainiert.« Und er roch so – ich weiß keine Worte dafür. Die Zellen meines Körpers öffneten sich und sehnten sich nach ihm, sehnten sich, diesen Duft in sich einzusaugen. Alles roch damals so gut, so lebendig, der Wind nach Algen und Salz, selbst das Dieselöl für den Hilfsmotor. Die Erinnerung an jene leuchtenden Tage und Nächte schiebt sich vor meinen Kummer, macht ihn fast unwirklich.

»Auf diesem Törn hab ich mich in ihn verliebt. Und er sich auch in mich. Ich war mir erst nicht so sicher. Auf einer Yacht ist man ständig mit den anderen zusammen, und als Skipper musste er zu allen gleich nett sein. Es war auffallend, wie er bemüht war, jedem Crewmitglied die gleiche Aufmerksamkeit zu schenken. Er ist ein Gerechtigkeitsfanatiker, auch sonst, wissen Sie.

Aber nach einer Woche war es klar, da haben wir es beide gewusst. Wir haben versucht, es für uns zu behalten. Also keine Berührungen, keine Blicke, die uns verraten hätten. Es war kaum auszuhalten. Ein einziges Mal haben wir uns geküsst. Das war, als wir in einer einsamen Bucht vor Anker lagen. Alle saßen nachts, als es schon dunkel war, noch in der Plicht und tranken warmes Dosenbier, da habe ich gesagt, ich gehe noch mal schwimmen, kommt jemand mit? Ich hatte gehofft, dass Malte kapiert. Und so war es auch, er sagte scherzend was von seiner Aufsichtspflicht und wir schwammen hinaus in die Dunkelheit. Dort im Meer haben wir uns dann umarmt und geküsst. Es war wahnsinnig. Und nicht so ganz einfach, wir hatten ja keinen Grund unter den Füßen. Ich war selig. Danach wurde es noch schwerer. Wir sahen uns praktisch ständig, waren auf engem Raum immer beisammen. Wir brannten nacheinander, wir hätten uns jederzeit in den Arm nehmen und ineinander versinken können und durften uns nichts anmerken lassen. Nachts – er hatte eine Koje im Mittelschiff, ich schlief mit der einzigen anderen Frau in der Achterkajüte – nachts konnte ich vor Sehnsucht nicht einschlafen, malte mir aus, wie wir uns lieben würden, wenn wir das Schiff für uns allein hätten. Und ich spürte, dass es ihm genau so ging.«

Ich sinne dem Zauber jenes Sommers nach. »Das ist jetzt fünf Jahre her«, sage ich bitter.

»Ja, das ist schlimm, wenn ein Mensch, den wir lieben, uns verletzt«, sagt sie.

»Besonders, wenn es der wichtigste Mensch ist – der einzige.«

»Aber es ist nötig, wenn wir wirklich lieben lernen wollen. Oder besser gesagt, auf die nächste Stufe in der Kunst des Liebens kommen wollen.«

Ich sehe sie fragend an. Eine Weile schweigt sie. Ich stelle fest, dass meine Anspannung, das innere Zittern und Frieren aufgehört haben. Ich atme ruhiger, entspanne mich.

Da ist eine Katze – wieso habe ich die vorher nicht gesehen? »Sie haben eine Katze?«

»Ja, jetzt, wo ich Zeit habe. Ich wollte schon immer mit einer leben, aber solange ich berufstätig war, hätte ich mich nicht genug kümmern können.«

»Was für eine schöne Katze.« Sie ist grau gestromt, besitzt grüne Augen und ein M auf der Stirn. Das Fell ist länger und weicher als sonst bei Hauskatzen, wahrscheinlich hat sie eine Angorakatze unter ihren Vorfahren.

»Ja, und sie ist eine Königin. Darf ich Ihnen kurz etwas über die Stufen der Liebe erzählen?«

»Bitte, ja, sehr gern.«

»Zunächst einmal: alle Stufen sind wichtig. Auch bei Stufen in der materiellen Welt würde die Treppe nicht funktionieren, wenn sie nicht jede einzelne Stufe besäße. Aber dennoch sollte man nicht auf einer stehen bleiben, schließlich sind sie dafür da, dass man weitergeht. Die erste Stufe in der Liebe ist die Liebe ganz kleiner Kinder, wenn sie in den Armen ihrer Mama sind. Es ist ein Gefühl seligen Geborgenseins. Dann folgt die Stufe der Sehnsucht und Erfüllung. Säuglinge erleben sie, wenn sie Hunger haben und gestillt werden, Männer und Frauen, wenn sie sich nacheinander sehnen und sich vereinigen. Die nächste Stufe der Liebe erreichen wir nur, wenn wir diese hinter uns lassen. Es ist selbstlose Liebe, die einfach liebt ohne nach Gegenliebe zu fragen. Mütter lieben so. Und die übrigen Menschen oft erst, nachdem sie tief verletzt wurden.« Sie hält inne, gießt uns Tee ein, trinkt ein wenig. Sie sieht gerade fast traurig aus, denke ich.

»Sehen Sie, Laura, auf den ersten Stufen ist die Liebe wie eine Pflanze.

Wenn sie Licht und Regen erhält, wächst und blüht sie, wenn nicht, dann geht sie ein. Auf der Stufe der Selbstlosigkeit dagegen ist Liebe eine Quelle, die strömt. Oder wie die Sonne, die scheint und nicht fragt, auf wen.«

Sie spinnt, denke ich. Wie soll jemand, der so gekränkt wurde wie ich, dadurch auf einmal eine so heiligmäßige Kraft zu lieben entwickeln?

»Natürlich passiert das nicht so einfach, und viele Menschen erkennen in einer Enttäuschung nicht die Chance, umfassender zu lieben. Sie denken, der andere sei Schuld, und versuchen ihn zu ändern, damit er so wird, wie sie ihn sich wünschen. Oder sie suchen sich einen neuen Partner, von dem sie hoffen, dass der sie mehr lieben werde. Oder sie halten die Liebe selbst für eine Illusion und resignieren.«

Meint sie allen Ernstes, ich sollte es so einfach hinnehmen, dass Malte mich mit anderen Frauen betrügt? Es nicht bloß akzeptieren, sondern ihn weiter lieben, als sei nichts geschehen? Die Frau ist nicht von dieser Welt, denke ich.

»Die Menschen, die diese Stufe noch nicht erreicht haben, denken, es sei schwer, so zu lieben. Das Gegenteil ist der Fall, es geht mühelos. Weil es dann nicht wir sind, die lieben, sondern uns von der Liebe, die ohnehin da ist, tragen lassen.«

Sie sieht mich mit einem wunderbaren Lächeln an. »Für eine Quelle ist es ja auch nicht schwer, ihr Wasser fließen zu lassen, sie lässt es geschehen. Das Wasser strömt durch sie hindurch. Mit der Liebe ist es ebenso. Es ist nicht schwer, so zu lieben. Wir brauchen bloß besser wahrzunehmen.«

Ich versuche, das Strömen von Liebe in mir zu spüren. Doch da sind nur Enttäuschung und Verzweiflung. Und jetzt gerade auch ein wenig Neugier und Hoffnung.

»Es geht darum, etwas zu sehen, was schon immer da ist. Was wir deswegen nicht bemerken, weil es uns so selbstverständlich ist, so vertraut.« Sie steht auf, nimmt zwei Bücher aus dem Regal. »Ich möchte Ihnen zwei kurze Texte vorlesen, die vielleicht deutlicher machen, was ich zu sagen versuche.« Sie schlägt ein Buch auf, blättert. »Ein Fisch kam zur Königin der Fische und fragte: ich habe immer vom Meer gehört, aber was ist das, dieses Meer? Wo ist es? Die Königin der Fische erklärte: Du lebst, bewegst dich und hast dein Sein im Meer. Das Meer ist in dir und außerhalb deiner, du bist aus Meer gemacht, und du wirst im Meere enden. Das Meer umgibt dich als dein eigenes Wesen.

Das war eine Geschichte aus Indien. Die zweite stammt aus dem vorderen Orient, von einem Sufi:

Wegen der gewaltigen Sichtbarkeit des Tages, gekoppelt mit ihrem schwachen Auge, kann die Fledermaus ihn nicht sehen. Sie sieht nur dann etwas, wenn sich der Helle Finsternis beimischt, sie also ihre Sichtbarkeit abschwächt. So ist auch unser Verstand zu schwach, die Schönheit göttlicher Majestät aber derart leuchtend, dass sie alles in ihrer umfassenden Weite versinken lässt und kein irdisches oder himmlisches Atom sich dieser Sichtbarkeit entziehen kann. Ihre ungeheure Sichtbarkeit ist der Grund für ihre scheinbare Verborgenheit.« Sie legt die Bücher weg, sieht mich abwartend an.

Mir ist es unbehaglich, wenn über Gott geredet wird. Entweder möchten die Leute einen bekehren, so wie die Zeugen Jehovas, oder sie wollen einem die geheime Kammer ihrer Seele öffnen. Es erscheint mir taktlos und ich finde, es gehört sich nicht.

»Das sind zweifellos schöne Texte. Aber zwischen göttlicher und menschlicher Liebe liegen doch Welten.«

»Das eben ist ja das Problem«, erwidert Frau Schrader.

Um das Thema zu wechseln und auch, weil ich gespannt bin, was sie dazu sagen würde, gebe ich ihr die Blätter mit den Gedichten, die ich für sie ausgewählt hatte. Während sie sich darein vertieft, werde ich unruhig. Sie zeigen Seiten von mir, von denen ich sonst nie etwas preisgebe. Vielleicht erscheinen sie lächerlich, ja banal. Und tue ich eigentlich nicht soeben genau das, was ich bei anderen nicht mag – geheime Kammern meiner Seele öffnen? Ich bereue es gerade, dass ich die Gedichte mitgebracht habe, da reicht Frau Schrader mir ein Blatt.

»Ich möchte hören, wie Sie das lesen«, sagt sie. Es ist das Froschgedicht, wie ich es nenne.

»Es wetterleuchtet die Nacht.
Mein weißer Frosch, sei still, sei stad,
dass keiner dich ertappt.
Tu als seist du der Regen
Oder ein Blatt am Baum.
Sei schön still, mach dich der Erde gleich,
sonst lachen sie dich aus.

Wer hat was dagegen dass ich bin wie ich bin?
Alle, wenn sie dich sehn.
Sei schön still und verkriech dich,
mach deinen Atem dem Wind gleich,
nimm dich zusammen und lass nichts heraus,
keinen Schrei, keine Träne,
sonst wachen sie auf.
Sei schön still und schlaf brav ein,
schlafe, mein Prinzchen, schlaf ein.

Ja aber wenn ich nicht schlafen kann?
Wo darf ich weinen, wo darf ich schrein?
Das darfst du nicht, mein weißer Frosch,
Komm, sei schön still und schlaf schön ein.
Sei schön brav, schlaf schön ein,
so wie du bist, so darfst du nicht sein.«

Während des Lesens sehe ich plötzlich einen Zusammenhang zwischen meiner Angst, mich zu zeigen und dem Bier, das ich abends trinke. Der Alkohol hat die Funktion, meine Schmerz- und Wutwölfe einzuschläfern, denke ich.

»So wie du bist, so darfst du nicht sein«, wiederholt sie leise.

Mir wird bewusst, wie oft ich das denke. Mich anders verhalte, als mir eigentlich zumute ist. Wenn ich mit anderen zusammen bin, versuche ich, deren Erwartungen zu entsprechen. Und selbst allein für mich erlaube ich mir kaum solche Gedanken und Gefühle, die sich nicht gehören.

»Wenn ich mich aber so gebe wie mir zumute ist, komme ich in Schwierigkeiten. Malte zum Beispiel ist richtig sauer, dass mir seine Untreue weh tut. Ob ich es drauf anlege, ihm ein schlechtes Gewissen zu machen, hat er gemeint.«

»Und daraufhin haben Sie versucht, Ihren Schmerz zu verstecken?«

»Versucht hab ich's, ja. Es ist mir aber nicht gelungen.«

»Wie wäre es, wenn Sie selbst ihn sich erlauben würden?«

Vielleicht würden mich im Traum keine Wölfe mehr jagen, denke ich. Wölfe der Wut, Wölfe der Verzweiflung, Wölfe der Traurigkeit. Und ich könnte durchschlafen, ohne Bier. Und dann plötzlich und unerwartet, als bräche unter mir der Boden ein, ist der Schmerz da und überflutet mich. Ich sehe sie an mit Tränen in den Augen und sage nur, »es tut weh.«

Sie nickt, lässt mir Zeit. Dann schlägt sie mir eine Phantasiereise vor, die heilsam sein könnte, eine Imaginationsübung. Was das sei, will ich wissen. Es gehe um Vorstellungen, sagt sie. Ich möge mich entspannen, die Augen schließen, damit die inneren Bilder deutlicher würden, und sie würde mir etwas vorschlagen, was ich mir vorstellen möge. Das gefällt mir. »Gern«, sage ich, setze mich noch bequemer in meinem Sessel hin und schließe die Augen.

»Nehmen Sie wahr, was um Sie herum vorgeht, mit geschlossenen Augen«, sagt sie. »Was Sie hören können, wie die Luft sich anfühlt und der Sitz. Und dann richten Sie Ihre Aufmerksamkeit nach innen.« Sie spricht ruhig und macht lange Pausen zwischen den Sätzen. »Achten Sie auf Ihren Atem. Folgen Sie mit der Aufmerksamkeit Ihren Atemzügen.«

Anfangs werde ich von verschiedenen Gedanken zugleich bewegt. Erstaunen über die ungewohnte Situation; Rührung, dass diese einfühlsame Frau sich so seltsame Dinge für mich einfallen lässt; die Frage, ob sie mich jetzt hypnotisieren wolle; und schließlich Zweifel, ob es mir gelingen werde, mir so einfach etwas vorzustellen. Dann ertappe ich mich bei verschiedenen anderen Gedanken. Ich stelle mir die Blumen vor, die ich ihr nicht mitgebracht habe, ärgere mich über mich deswegen. Dass die Schuhe drücken, die ich mir letzthin gekauft habe, der Chefredakteur der Zeitschrift, für die ich den Artikel über Schlittenhunde geschrieben habe, und der große Schokoladenhase, den Malte vor Ostern aus der Praxis mitgebracht hatte, fielen mir ein. Der Hase hatte mich geärgert. Ich nahm an, dass er nicht, wie Malte sagte, von einer Patientin war, sondern dass er ihn von Bea hatte. Ich dränge die Gedanken weg, doch das ist völlig vergeblich. Je mehr ich gegen sie ankämpfe, desto turbulenter werden sie. Ich wollte schon die Augen öffnen und sagen, dass es keinen Zweck hätte, ich könne mich nicht entspannen. Doch in dem Moment erreichen mich wieder Frau Schraders Worte.

»Atmen Sie einfach so, wie der Atem von selber atmet. Und mit jedem Atemzug verstärkt sich das Gefühl von Entspannung. Und mit jedem Atemzug vertieft sich die Ruhe im ganzen Körper.« Sie spricht leise und langsam. Auch mein Atem wird langsam, wird tiefer, beruhigt sich.

»Und mit jedem Atemzug werden auch die Gedanken immer ruhiger. Die Gedanken dürfen da sein. Die kommen und gehen. Kommen an und ziehen weiter. Die sind nicht wichtig. Sie stören auch nicht. Wie Hintergrundsmusik.« Ich entspanne mich. Es ist, als wiege die Stimme mich ganz langsam, hin und her im Rhythmus meiner immer tieferen Atemzüge. Die Umgebung versinkt, die Gedanken schwinden, mein Bewusstsein wird zu einem nebelhaften Raum, ähnlich wie wenn man vom Wachen in den Schlaf gleitet. Doch ich bin wach, nur anders, so wie in einem Wachtraum. Die ruhige Stimme hüllt mich ein. Ich fühle mich geborgen, so wie ich es mir auf dem Weg zu ihr gewünscht hatte. Dann versinke ich tiefer in diesem Gefühl. Nur meine eigenen Atemzüge wiegen mich sanft, und als richte die Stimme meinen inneren Blick auf etwas, was längst auf sein Erscheinen gewartet hatte, begleitet sie meinen Traum.

Ich bin in einem Raum absoluten Friedens. Er ist warm und weit und von goldenem Licht erfüllt. Ich atme ruhig und tief, und mit jedem Atemzug vertieft sich das Gefühl des Friedens und wird zu intensivem Glück. Ich empfinde es in der Gegend meines Herzens. Von dort breitet es sich aus bis in die Unendlichkeit. Ich spüre den Atem der Ewigkeit in meinem Atem. Da ist nichts als Seligkeit.

Dann richte ich, von ihrer Stimme geleitet, aus diesem Raum meine Wahrnehmung in einen tieferen Bereich, in die Gegend meines Solarplexus. Dort finde ich meinen Schmerz. Er erscheint als das Kind, das ich mit etwa fünf Jahren war. Es sitzt zusammengekauert auf dem Boden und wiegt sich kummervoll hin und her. Ich nehme das Kind in meine Arme, trockne seine Tränen, halte es fest. Es schluchzt mit unverminderter Heftigkeit. Ich bringe das Kind in den Raum des Friedens, setze mich dort mit ihm hin, halte es in meinen Armen und lasse es weinen. Alle Angst, aller Kummer und Schmerz meines Lebens kommen als seine Tränen hervor. Seltsam, ich weiß, es ist mein Schmerz, doch indem ich ihn dem Kind erlaube, habe ich Mitgefühl für das Kind, das ich doch selber bin, fühle den Schmerz aber nicht mehr unmittelbar.

Ich lasse das Kind weinen. Es schluchzt allmählich weniger heftig, beruhigt sich langsam. Es schnieft noch ein paar Mal, hört dann auf. Es sieht sich um, schaut mich an, lächelt. Es streichelt mein Gesicht. Ich frage, was es jetzt machen möchte. Einfach noch da sein, sagt es. Bei dir. Wir sind miteinander im weiten Raum des Friedens. Tiefe Freude bewegt mich. Es ist eine so unendliche Freude, dass sie mein Herz zu sprengen droht. Ich lasse mein Herz weit werden. Ich bin weit und leicht. Da ist nichts als Glück, ich schwimme im Glück und Glück atmet durch mich.

»Und nun lassen Sie den Tagtraum ausklingen, so allmählich, dass es sich für Sie richtig anfühlt. Und verabschieden Sie sich von Ihrem Raum des inneren Friedens in dem Bewusstsein, dass er ein Bild Ihrer Seele ist und dass Sie jederzeit in ihn zurückkehren können, wann immer Sie wollen.«

Am liebsten würde ich dort bleiben. Ich lasse meine Augen noch eine Weile geschlossen. Was habe ich soeben erlebt – was war das? Eine Reise in den Frieden. In bedingungslose Liebe. Ich öffne die Augen. Es ist als käme ich von neuem auf die Welt. Und auch die Welt ist neu, soeben erst erschaffen. Nachmittagssonne scheint in das Zimmer meiner alten Lehrerin, die mich mir selbst geschenkt hat. Aus meinen Augen schaut die Weite, die ich in mir soeben erfahren habe, und trifft auf dieselbe Weite in ihrem Blick. Liebe strömt durch mich als eine unpersönliche und vollkommen emotionslose Macht. Liebe ist alles, schafft alles, trägt alles. Eine Liebe, die jede Grenze auflöst, jedes Nein vernichtet, eine Liebe wie Sturm. Ich atme tief, breite die Arme aus. Es gibt nichts außer dieser Macht. Wer bin ich? Laura ist nichts als ein Funken in diesem Ozean des Lichts. Ich bin das Licht. Ich bin die Liebe. Und zugleich bin ich Dank, der überströmt aus der Freude, aus Seligkeit.

Malte

Wir waren gegen acht in Bayrischzell. Für den Aufstieg brauchten wir etwas über drei Stunden, mit einer Rast auf der Waller-Alm. Ich war lange nicht in den Bergen gewesen und muss mich erst wieder eingehen. Die Anstrengung reduziert mich auf das Gleichmaß der Schritte, auf meinen Körper und mein Atmen. Mit jedem Schritt zum Gipfel entfernt sich die Alltagswelt – die Patienten, meine Ehe, meine Fluchten zu Bea – und versinkt wie in einem Nebel. Ich hatte ein Jahr in einem Rausch verbracht. Die reine Höhenluft, die klare Sicht, die Anstrengung des Steigens bewirkt, dass mein Verlangen nach Beas Gegenwart mir zunehmend unwirklicher vorkommt. Wirklich sind der Weg und mein schlagendes Herz, Kurt, mein Gefährte, die Felsen, der Himmel, der nächste Schritt. Die ruhige Symphonie der Berge tut mir wohl.

Wir sprechen wenig während des Aufstiegs. Mit Kurt zu schweigen ist ungemein entspannend und beruhigend. In seinem Beruf als Psychotherapeut wirkt Kurt bereits durch seine Präsenz, nehme ich an. Ich jedenfalls wäre gern sein Patient, wenn ich nicht das Glück hätte, sein Freund zu sein.

In der Nähe des Gipfelkreuzes suchen wir uns eine halbwegs ebene Stelle in den zerklüfteten Felsen, setzen uns, essen Äpfel und Nüsse. Wendelstein und Sonnwendjoch leuchten im klaren Herbstlicht, vor uns schweben die bunten Schirme einiger Gleitschirmflieger in sanften Bögen talwärts, tief unter uns sind winzige Ansiedlungen und Straßen zwischen Feldern und Waldstücken zu sehen. Ein paar Dohlen warten auf Reste unserer Brotzeit.

»Vorgestern Nacht hätte ich dich fast noch mal angerufen«, sage ich. »Wir sind völlig festgefahren. Laura glaubt mir kein Wort. Tut mir Leid, aber ich bin nicht einen Schritt weiter gekommen. Auch nicht damit, mir selbst zu verzeihen.«

Kurt sieht mich an, offen, aufmerksam, ruhig. »Was willst du jetzt tun?«

»Meine Ehe retten. Die Sache mit Bea beenden, sobald sie wieder in München ist. Kein schlechtes Gewissen mehr haben.« Ich suche nach Worten, füge dann hinzu, »es ist doch normal, ich meine, es passiert jedem, dass er Fehler macht.«

Kurt schaut auf die Berggipfel, nickt leicht. »Kein schlechtes Gewissen zu haben, das funktioniert nicht. Du kannst Gedanken und Gefühle nicht verändern, indem du sie weg zu schieben versuchst. Und du machst deine Fehler nicht kleiner, indem du auf die anderer hinweist.«

Ja, aber hatte er mir nicht selbst davon erzählt, dass dieser Mann im Garten seiner Kindheit ihn mit eben dem Argument getröstet hatte, dass alle Menschen Fehler machen? Wie auch immer, ich spüre, dass er recht hat. Ich folge seinem Blick. Da sind das hintere Sonnwendjoch und die schneeigen Gipfel der Alpen. Wie armselig meine Ausflüchte, wie armselig ich selbst vor ihrer ruhigen Majestät. Dieses Gebirge war schon da ehe es Menschen gab auf dieser Erde. Und es wird sein, wenn ich schon längst nicht mehr bin. Diese Felsen, auf denen wir sitzen, werden uns überdauern. Ich lege eine Hand auf den Kalk, beneide den Stein und spüre den Wunsch, dass irgendetwas von mir über meinen Tod hinaus bleiben möge. Irgendetwas Wesentliches, etwas, an das Menschen sich mit Dankbarkeit und Freude erinnern, wenn sie an mich denken. Aber was? Was könnte ich weitergeben? Ich wollte ein tadelloses Leben führen. Sicher, ich bin nicht der einzige Mann, der seine Frau hintergangen hat. Aber ich wollte besser sein als andere. Edel und gerecht wollte ich sein. Das geht nicht, sehe ich. Was geht denn dann?

»Du hast vorgestern gesagt, dass jeder Mensch seine eigene Aufgabe hat. Ich habe darüber nachgedacht. Ich liebe meinen Beruf. Aber ich denke nicht, dass ich für meine Patienten etwas Besonderes bin. Wie finde ich meine ureigene Aufgabe?«

»Na ja, das ist einfach. Du müsstest dich ansehen.«

Ich versuche mich anzusehen. Aber statt dass ein Bild sich vor meinen inneren Augen entwickelt, habe ich plötzlich das Empfinden zu stürzen. Ein Absturz in Finsternis. Unvermutet stecke ich in Dunkel, in einer Schwere, für die es keine Worte gibt. Was ich die ganze Zeit mit mir trug, ist jetzt in seiner ganzen Ausweglosigkeit da. Meine Schuld ist so schwer, dass ich kaum mehr atme. Ich möchte heulen und weiß, dass das nicht helfen würde. Nichts kann helfen. Außer – vielleicht – wenn Laura mir vergibt.

»Was habe ich bloß getan. Ich muss Laura um Vergebung bitten. Ich werde ihr alles beichten, damit sie mich versteht.«

»Das würde ich nicht tun«, sagte Kurt.

Ich sehe ihn ratlos an. Wenn ich mit schonungsloser Offenheit ihr alles erzählte – wie Bea sich gewissermaßen in meine Arme geworfen hatte, wie fasziniert ich war, meine Skrupel und wie ich anfing, sie zu belügen, mein schlechtes Gewissen, – wenn ich alles rückhaltlos vor ihr ausbreiten würde, was könnte ich denn noch mehr tun, als mich ihr so völlig anzuvertrauen, alles in ihre Hände zu geben? Gibt es einen besseren Beweis für meine aufrichtige Reue?

Nach einer Weile sagt er, »du würdest dich wie ein kleiner Junge benehmen, der zu seiner Mama läuft und ihr beichtet, damit sie ihm verzeiht.«

Wumm. Noch ehe ich einsehen kann, dass er recht hat, fühle ich, wie er ins Schwarze trifft. Laura ist nicht meine Mutter und auch nicht meine Therapeutin. Wenn ich ihr die Einzelheiten von Bea und mir erzählte, würde sie das bloß noch mehr schmerzen.

»Sag mal, Malte, kann es sein, dass deine Schuld dich mehr bedrückt als Lauras Schmerz? Dass es dir weniger um Laura geht als um dich selbst?« Kurt sagt das ohne eine Spur von Vorwurf.

Ja, so ist es. Armselig stehe ich da im Licht dieser einfachen Wahrheit, und doch ist es auch befreiend, dass ich mir nichts mehr vorzumachen brauche.

»Was kann ich denn tun? Kurt, was soll ich machen?«

Er kramt eine Tafel Schokolade aus seinem Rucksack und bietet mir welche an. Nach einer Weile sagt er ruhig, »wie wäre es mit Beten?«

Jetzt bin ich völlig perplex. Alles hätte ich eher erwartet als diese Antwort. Wir sind doch nicht in der Kirche. Wir sind doch erwachsene Männer. Ich versuche, mich von diesem absurden Vorschlag zu distanzieren. Beten! Das von Kurt, der sonst so klar, so realistisch ist.

»Und was soll das helfen?« Wenn Menschen nicht weiter wissen, dann beten sie. Aber ich doch nicht. Ich habe Gott zu viel vorzuwerfen, als dass ich ihn um Hilfe bitten könnte. Ihn, der eine so unvollkommene Welt geschaffen hat. Wenn denn überhaupt er sie erschaffen hat. Und vor allem, ich weiß gar nicht, wie. Habe ich überhaupt jemals gebetet? Als Kind vielleicht? Ich kann mich nicht erinnern.

»Hast du nicht gesagt, du kannst dir selbst nicht verzeihen? Da hab ich gedacht, du könntest Gott bitten, dir zu vergeben. Den vergebenden Gott.«

Ich sage nichts. Ich bin verwirrt. Ich mag nicht beten, es kommt mir total komisch vor, und doch, wenn Kurt es sagt, dann muss was dran sein. Aber Gott bitten, mir zu vergeben? Wo ich immer so stolz darauf war, dass ich ihm nicht vergebe. Ihm seine Ungerechtigkeit nicht vergab. Ja, das war, als ich mich noch gut und edel glaubte. Als ich noch kein mickriger Betrüger war, noch nicht voll Schuld vor Laura und mir selbst. Wer sonst soll mir denn helfen, wenn nicht Gott?

»Haben wir noch Zeit?« Ich frage das, weil ich es jetzt gleich tun will. In Kurts Gegenwart wird es leichter gelingen.

»Klar, genug Zeit«, antwortet er.

Wie soll ich beten? Hände falten und so? Ich sehe zu Kurt, der schaut in die Weite. Ich habe Zeit.

Gott, sieh mich an.

Ich bin verzweifelt.

Ich bin schuldig.

Ich weiß keinen Ausweg.

Schau was ich getan habe. Ich habe Laura verletzt. Laura hat mir vertraut. Ich habe sie enttäuscht. Ich bereue zutiefst, was ich getan habe. Was soll ich tun?

Dann bin ich still. Ich horche auf Antwort.

Die Stille wird sehr weit, wird ungeheuer. Ich bin nicht allein. Die Stille ist wie der Atem eines großen Wesens, des Lebens, Atem der Unendlichkeit. Dann vernehme ich die Antwort. Sie ist klar und nüchtern.

»Laura braucht deine Reue nicht, Laura braucht deine Liebe.«

Ich lege mich auf dem Felsen zurück, lasse die Augen geschlossen, Tränen laufen mir ins Haar und in die Ohren. Ich bin nicht mehr ich, ich bin wie aufgelöst in etwas, das stärker als ein Gefühl ist. Es ist Liebe von einer anderen Art als ich je zuvor gefühlt oder erfahren habe. Liebe, die die Welt erschuf, Urkraft, Gewalt. Es ist nicht mehr Liebe zu Laura allein, es ist Liebe, die alles umfasst und trägt. Da ist keine Schuld mehr, es gibt nichts als diese Energie.

Ich öffne meine Augen. Der Himmel über mir ist nicht so licht wie die Helle, die in mir ist. Als ich mich aufrichte, guckt Kurt mich an.

»Das mit der Vergebung – ‚« ich suche nach Worten. »Das Herz der Vergebung ist Liebe«, sage ich schließlich und denke, Kurt wird mich verstehen. »Und die Liebe fegt die Schuld einfach weg. Einfach weg.«

Ich habe Kurt noch nie so strahlen gesehen.

Laura

Ich fühle mich, als sei ich erst jetzt erwachsen geworden. Wenn erwachsen sein bedeutet, dass man ganz allein für sich selbst verantwortlich ist, für seine Gefühle, Gedanken und Handlungen.

Wir trinken Frau Schraders duftenden Tee, sprechen, schweigen. Sie lächelt, als ich ihr sage, sie habe mir geholfen, wirklich da zu sein, hier als ich selbst mit beiden Füßen auf dieser Erde zu stehen. Ich finde keine stimmigeren Worte für meine Freude, für das Gefühl, in einer Dimension der Wirklichkeit angekommen zu sein, die mir zuvor verschlossen gewesen war. Von der ich nichts geahnt hatte.

»Was ich mit Malte erlebt habe, war der stärkste Schmerz meines Lebens. Und es tut mir immer noch weh. Aber – so seltsam das klingt – jetzt bin ich dankbar dafür. Ohne diese Erfahrung wäre ich von seiner Liebe abhängig geblieben. So wie Sie sagten, wie ein Säugling von seiner Mutter.«

Sie nickt.

»Ich glaube, bis heute habe ich Malte gar nicht wirklich geliebt. Ich habe mir gewünscht, von ganzem Herzen mich danach gesehnt, dass er mich liebt, ja. Ich habe meine Sehnsucht mit Liebe verwechselt.«

»Nun ja – Sehnsucht nach Liebe ist auch eine Form von Liebe.«

»Aber ich habe mich aus dieser Sehnsucht heraus unterwürfig verhalten. Hab alles getan, um nur ja angenehm zu sein. Eigentlich ist es gar kein Wunder, dass Malte sich für andere Frauen interessiert hat. Ich war als Person ja praktisch nicht vorhanden – statt ihm Partnerin zu sein habe ich mich wie seine Sklavin verhalten. Das war überhaupt keine Liebe, das war Angst.«

Frau Schrader sieht mich nachdenklich an.

»Das wird mir erst jetzt klar, während ich mit Ihnen rede. Ich verbog mich und hielt das für Liebe. Aber in Wahrheit ging es mir dabei nicht um Malte, es ging mir um mich. Es war Egoismus. Handelsmentalität nach dem Motto, ich tu alles für dich, dafür musst du mich dann lieben.

Wenn es mit uns so weiter gegangen wäre, ich meine, wenn Malte mich nicht betrogen hätte, dann hätte ich Sie nicht angerufen und um ein Gespräch gebeten. Wir hätten uns nicht oder zumindest jetzt noch nicht wieder gesehen. Und Sie hätten mir nicht gezeigt, dass Liebe einfach da ist, so wie Luft zum Atmen. Wie in Ihrer Geschichte von den Fischen, die das Meer suchen, wo sie doch drin schwimmen. Ich bin jetzt frei. Ich bin nicht mehr abhängig davon, was andere tun. Ich kann Ihnen nicht sagen, wie dankbar ich Ihnen bin, dass Sie mir das ermöglicht haben.«

»Ja, das ist gut. Jetzt sind Sie frei.«

Mir fällt ein, dass ich einmal gehört habe, man hätte immer genau das Problem, dessen Lösung einem den nächsten Lernschritt auf dem Lebensweg ermöglichte. Jetzt verstehe ich: ich soll lernen zu lieben, statt darum zu betteln, geliebt zu werden.

Nach einer Weile fragt sie, wie ich damit umgehen werde, falls es weiter Schwierigkeiten mit Malte geben werde. Daran hatte ich nicht gedacht. Aber sie hat Recht. Nur weil ich mich ändere, verändert Malte sich ja nicht gleich mit. Was, wenn er morgen wieder mit Bea zusammen ist? Wie soll ich mich schützen? Ich denke nach, eine ganze Weile. Sehe zum Fenster raus, sehe Frau Schrader an. Dann muss ich auf einmal lachen. Ich habe wieder die Welle von Seligkeit gespürt, die mich, die das Kind, das ich auch bin, während des Tagtraums getragen hatte. Ich muss nicht denken, um dieses Problem zu lösen, merke ich. Ich brauche bloß wahrzunehmen, dass diese Liebe ständig da ist.

»Ich werde traurig sein. Oder auch wütend oder ärgerlich, je nachdem, was er tut. Aber ich werde denken, dass es sein Problem ist, nicht meins. Dass er sich nicht deswegen so verhält, weil er mir schaden will, sondern, weil er er ist. Ich liebe Malte, und ich wünsche mir mit allen Fasern meines Herzens, dass er die andere Frau aufgibt und zu mir zurück kommt. Wenn er mir weiter untreu ist und ich das nicht aushalte, muss ich mich trennen. Aber ich werde ich ihn weiter lieben. Und ich werde versuchen, gleichmütig und liebevoll zu bleiben.

Ich werde mich an heute erinnern, ich werde mich dem Kind in mir zuwenden und es mit meiner Liebe schützen.« Ich schließe nochmals meine Augen, um mir den Tagtraum zu vergegenwärtigen. »Und ich werde die Liebe weiter geben. So wie Sie es mit mir machen. Wie ein Brunnen mit mehreren Becken. Jedes nimmt und gibt.«

»Möge es Ihnen gelingen, Laura.«

Ich spüre das Gefühl von Lebendigkeit und Liebe so stark in mir pulsieren, dass ich nicht daran zweifele. Aber sie meint, es könne nicht schaden, wenn ich mich regelmäßig daran erinnern würde, zu festen Zeiten, die ich einplane und heilig halte.

»Das ist wie beim Vokabellernen«, sagt sie. »Was Sie nicht trainieren, das versinkt wieder.«

Ich denke, da kommt die Schullehrerin durch, muss lächeln und verspreche zu üben. Ganz so ernst ist es mir nicht damit.

»Was mich betrifft«, sagt sie, »ich nehme mir täglich Zeit zum Üben. Morgens vor dem Frühstück. Ich sorge dafür, dass ich in der Zeit Ruhe habe, schalte Telefon und Handy ab.«

Wenn das so ist … Ich werde das mal probieren.

»Ich glaube, noch etwas wird ab heute anders sein. Ich glaube, ich werde mich ständig vom Universum geborgen und getragen fühlen. Wenn man das einmal erlebt hat, kann man das doch nie mehr vergessen. Und wenn Malte mich kränken sollte, wird mich das nicht mehr so völlig umwerfen. Wahrscheinlich werde ich mich ärgern, aber derweil wird diese innere Seligkeit weiter pulsieren, und ich werde Malte einfach weiter lieben.« An ihrem Lächeln merke ich, dass ich das gerade eben schon einmal gesagt habe. Ich bin so selig, da wiederholt man sich. »Wenn Malte mich nicht betrogen hätte, wäre ich nicht bloß abhängig von ihm geblieben. Ich hätte überhaupt nicht erfahren, was wirkliche Liebe ist. Ich war ja nur besorgt, ob ich genug geliebt werde, und das hielt ich für Liebe. Dabei war es Angst und Egoismus, weil ich innerlich unsicher war. Ich verwechselte meine Sehnsucht, geliebt zu werden, mit Liebe. Ich müsste auf mich viel eher böse sein als auf ihn, denn wenn ich mich mehr geachtet hätte, wäre es nicht so weit gekommen. Entweder wäre er mir nicht untreu geworden, oder wenn doch, hätte ich anders reagiert. Gekämpft, statt meinen Schmerz mit Bier zu dämpfen.«

»Wenn Sie auf sich selbst eher als auf ihn böse sind, dann sollten Sie auch zuerst sich selbst vergeben.«

»Ich denke, das habe ich gerade getan.«

»Gut. Man kann anderen nämlich erst dann wirklich verzeihen, wenn man auch sich verziehen hat.«

»Ja – und noch etwas. Wissen Sie, ich habe oft ungern gearbeitet. Manches musste getan werden, entweder im Haushalt so was wie Putzen zum Beispiel, oder in meinem Beruf gab es Auftragsarbeiten, die ich nur wegen des Honorars angenommen hatte. Ab heute werde ich in dem, was ich tue, einen Sinn suchen. Wenn ich gar keinen finden kann, werde ich es lassen. Und was ich tue, will ich mit ganzem Herzen machen.«

Die Katze streckte sich und kam zu mir, streicht an meinen Beinen entlang. Ich streichle sie hinter den Ohren und sie schmiegt sich in meine Hand. Sie beginnt zu schnurren, in tiefem, an- und abschwellendem Ton.

»Sie mag Sie. Das ist eine Auszeichnung. Meistens lässt sie sich nicht sehen, wenn Besuch da ist.«

Wie alle Leute, die ein Haustier haben, nimmt Frau Schrader es offensichtlich so wichtig wie einen Orakelspruch, wenn das Tier den Gast akzeptiert.

»Wie heißt sie eigentlich?«

»Katze.«

»Ihre Katze heißt Katze – ach, das gefällt mir. Ich habe Ihnen doch vorhin von meinem Wolfstraum erzählt.«

»Ja, ich erinnere mich.«

»Ich stelle mir gerade vor, wie er sich verändern könnte, wenn ich ihn jetzt weiter träumen würde. Die Wölfe mutieren zu Huskies, die zwei Hundeschlitten ziehen. Und auf den Schlitten stehen Malte und ich.«

Die Katze scheint auf meinen Schoß zu wollen. Ich helfe ihr herauf, sie rollt sich zusammen, lässt sich streicheln.

»Wenn es Frühling wird, könnten die Schlitten zu einem Segelboot werden«, spinnt Frau Schrader den Faden weiter. Das bringt mich auf eine Idee.

»Wir sind seit unserer Hochzeitsreise nicht mehr gesegelt. Es war keine Zeit dazu und wir hätten es uns auch nicht leisten können. Malte hatte seine Tätigkeit an der Klinik aufgegeben und sich in eigener Praxis niedergelassen. Das war mit enormen Kosten verbunden. Aber wir hatten uns vorgenommen, es so bald wie möglich wieder anzufangen. Wir werden dann ein Schiff chartern, wahrscheinlich schon im kommenden Frühling. Vielleicht kommt Maltes bester Freund auch mit, ein Psychotherapeut. Hätten Sie wohl Lust, mit uns zu segeln? Im Mittelmeer?«

»O ja, sehr gern. Als Kind und junges Mädchen bin ich viel gesegelt, auf dem Ammersee. Ich würde mich sehr freuen. Und den Palstek kann ich wohl noch.«

»Haben Sie denn jemanden, der sich um Katze kümmert, wenn Sie verreisen?«

»Ja, einige. Freunde ehemaliger Schüler, die ganz gern mal für eine Zeit hier statt in ihrem Studentenwohnheim leben.«

»Das kann ich gut verstehen«, sage ich. Ich würde mich in dieser hellen Wohnung auch wohl fühlen.

»Ich möchte Ihnen noch eine Empfehlung geben.«

»Ja?«

»Vielleicht sollten Sie sehr behutsam mit dem umgehen, was Sie heute erlebt haben. Ich meine – Sie sollten wenig davon reden. Wissen Sie, wer so etwas nicht selbst erfahren hat, könnte Sie für verrückt halten.«

Gut, dass sie mich warnt. Das wäre genau das, was ich nicht brauche.

»Mit Worten kann man das auch nicht vermitteln«, spricht sie weiter. »Das Einzige, was Sie tun können, wenn Sie es weiter geben möchten, ist, es zu sein. Es den anderen vorzuleben. Wenn Ihnen das gelingt, stecken Sie die anderen an.«

Wer so etwas nicht selbst erfahren hat, hat sie gesagt. Was mag sie selbst wohl erlebt haben? Soll ich sie fragen? Was soll schon passieren. Schlimmstenfalls sagt sie, sie möchte nicht davon sprechen.

»Frau Schrader, wie sind Sie so weise geworden? Sie wissen so viel von Liebe, von wirklicher Liebe. Sie waren doch nicht verheiratet, so weit ich weiß?«

»Ach, Laura.« Sie atmet tief, schließt kurz die Augen, schaut dann mich an. »Nein, ich war nie verheiratet. Leider. Ich habe sehr viel falsch gemacht.« Sie schweigt, reibt sich über Wangen und Lippen, schüttelt leicht den Kopf. »Das ist eine traurige Geschichte. Ich weiß nicht, ob Sie das hören wollen.«

»O ja, bitte. Unbedingt. Wenn Sie es mir erzählen möchten.«

Sie gießt uns beiden Tee ein, schweigt eine Weile, trinkt einen Schluck.

»In meinem Studium – ich war wenige Jahre jünger als Sie es jetzt sind – verliebte ich mich in einen Mann, der wesentlich älter war als ich. Er war ein zauberhafter Liebhaber. Es war, als sei ich eine Knospe gewesen und würde mich unter seinen Händen Blatt um Blatt entfalten. Ich erblühte zu einer Frau, die stolz auf ihren Körper war. Ich hatte bis dahin gar nicht gewusst, dass ich überhaupt einen Körper besaß, der intensivere Lust empfinden kann, als es beim Sport, Essen und Sonnenbaden möglich ist. Dieser Mann ließ die Lust als heißen Strom durch alle meine Zellen fluten. Und auch außerhalb des Bettes hatten wir sehr viel Spaß miteinander. Ihm fiel immer irgendein herrlicher Unsinn ein. Wenn ich mit ihm zusammen war, erschien mir das Leben wie ein unbeschwerter Tanz. Dass er doppelt so alt wie ich war, störte mich nicht. Im Gegenteil. Ich war unerfahren, hatte meinen eigenen Weg noch nicht gefunden, und er gab meinem Leben Sinn und Stabilität. Umso mehr störte es mich aber, dass er verheiratet war. Ich begann, um ihn zu kämpfen. Ich wollte ihn für mich. Für mich allein.

In der Rückschau, viele Jahre später, begriff ich, dass das ein Machtkampf gewesen war. Es ging mir nicht nur um den Geliebten – er hieß Peter – sondern auch darum, über seine Frau zu triumphieren. Ich wollte, dass er sich scheiden lässt und mich heiratet. Das passte aber nicht in sein Konzept. Er hatte zwei Töchter und einen kleinen Sohn und wollte bei seiner Familie bleiben, in seinem Haus auf dem Land mit Garten. Und mich wollte er als Geliebte haben, in aller Heimlichkeit. Er mietete ein Apartment für mich und besuchte mich, wenn er in München war, ein bis zweimal in der Woche. Wenn er es einrichten konnte, fuhren wir für einige Tage irgendwo hin, an einen See, in die Berge. Er war ein viel beschäftigter Ingenieur. Da er oft im Ausland zu tun hatte, konnte er unsere Reisen vor seiner Frau als Geschäftsreisen ausgeben. Er sagte, mit seiner Familie, das sei sein Alltag, mit mir, das sei Sonntag, das, wofür er lebe. Das Zentrum seines Lebens sei ich. Mit seiner Frau sei er nur noch freundschaftlich zusammen, ohne Sex, bloß der Kinder wegen. Die Kinder könne er nicht im Stich lassen.

Ich fügte mich. Für mich bedeutete er tatsächlich Mittelpunkt und Sinn des Lebens. Ich kann mich nicht erinnern, dass das Studium mir etwas bedeutet hätte. Ich absolvierte es nebenbei, schaffte meine Examina erstaunlicherweise dennoch ganz ordentlich, machte die Prüfungen für das höhere Lehramt. Vielleicht gelang das gerade deswegen ohne Probleme, weil ich mich nicht aufregte. Im Grunde genommen war mir die ganze Uni nicht wichtig. Wichtig war Peter, unsere Nächte, sein Lachen, seine Komplimente, unsere Leidenschaft.«

Ich versuchte, mir Frau Schrader als junge Frau zusammen mit diesem Mann vorzustellen. Jetzt würde man ihr Gesicht eher ausdrucksvoll als schön nennen. Aber früher ist sie vermutlich bezaubernd gewesen. Als sie eine Pause machte, fragte ich, ob sie Fotos hätte aus jener Zeit, von sich und Peter. Sie verneinte. Er habe sehr darauf geachtet, nie mit ihr fotografiert zu werden, fast so, als befürchtete er, er könne damit erpresst werden. Und als sie ihn um ein Bild von ihm bat, habe er es ihr verweigert. Er wolle in ihrem Herzen wohnen, dort sei es wärmer als auf einem Foto.

»Ja, wie gesagt, ich kämpfte um ihn. Ich war klug genug, nie mehr davon zu sprechen, nachdem ich ihn ganz zu Anfang einmal gebeten hatte, sich scheiden zu lassen. Stattdessen kämpfte ich, indem ich so erotisch, so geistreich, liebevoll und leidenschaftlich wie nur möglich war. Ich setzte darauf, dass die Zeit für mich arbeite und die Intensität unserer Beziehung über das Gleichmaß des Familienlebens siegen würde. Von seinem Familienleben habe ich in all den Jahren nur drei Mal etwas mitbekommen. Einmal bin ich zu seinem Haus gefahren, als er im Ausland war. Es kam mir vor wie ein Palast, ein Palast im Paradies. Und ich stand für immer und ewig ausgeschlossen vor dem Zaun. Es gab sogar zwei Hunde, von denen hatte er mir nie erzählt. Schöne irische Setter. Als ich stehen geblieben war, um alles genau und womöglich sogar seine Frau sehen zu können, kamen sie angerannt und verbellten mich. Es war schrecklich. Die Hunde nicht, das große Haus.

Das zweite Mal sah ich ihn mit seiner Frau durch Zufall im Kino. Ich stand an der Kasse, die beiden warteten weiter vorn auf Einlass. Ich nahm zumindest an, dass das seine Frau war – er wird ja nicht noch eine Geliebte außer mir haben, dachte ich. Mein Gott, wie ich sie hasste, diese Frau. Sie sah viel jünger und hübscher aus, als ich sie mir vorgestellt hatte, von gepflegter Eleganz, und als Paar wirkten die beiden harmonisch. Ich aber war in der Menge der Wartenden wie in einer gläsernen Kugel einsam. Entweder übersah er mich oder er wollte mich nicht sehen. Mit bitterem Zorn und Wut und Triumph malte ich mir aus, was passieren würde, wenn ich zu den beiden gehen und hallo Peter sagen würde. Aber das tat ich natürlich nicht. Kaum hatte der Film angefangen, musste ich raus und mich übergeben.

Das dritte Mal war zwei Jahre später auf dem Schwabinger Weihnachtsmarkt, da war er mit der ganzen Familie. Es war dieselbe Frau wie im Kino. Die Töchter waren inzwischen in der Pubertät, sehr schick und hübsch, der Sohn war acht. Ich kehrte sofort um, ich floh, aber das Bild begleitete mich. Sie hatten vor einem Stand mit Christbaumschmuck gestanden.«

»Das muss schlimm gewesen sein«, sagte ich mit echtem Mitgefühl, während mir gleichzeitig bewusst war, dass Frau Schrader die Rolle innegehabt hatte, die in meiner Geschichte von Bea gespielt wurde. Ich war gespannt, wie es ihr weiter ergangen war.

»Es wurde viel schlimmer. Nach fünf Jahren wurde ich schwanger. Er werde stolz sein, hoffte ich, er werde sich freuen auf unser Kind, das Kind unserer Liebe. Ich war fest überzeugt, dass er sich jetzt für mich entscheiden werde. Seine anderen Kinder brauchen ihn nicht mehr so nötig wie sein jüngstes, mein, unser Kind. Und neues Leben hat immer Vorrang vor dem alten. Doch da hatte ich mich getäuscht. Er wurde unglaublich wütend, unterstellte mir, dass ich ihn bewusst hereingelegt hätte, wie er sich ausdrückte. Es sei von Anfang an abgesprochen, dass ein Kind nicht in Frage komme. Darüber haben wir doch nie geredet, sagte ich. Er meinte, das hätte ich wohl absichtlich vergessen. Dann stellte er mich vor die Wahl zwischen ihm und dem Kind. Wenn ich das Kind bekommen würde, seien wir geschiedene Leute. Zwei Tage später kam er wieder, war sanft und liebevoll. Er bat mich um Entschuldigung dafür, dass er in seinem ersten Schreck ausgerastet sei. Dann sprach er von sich und mir. Er sagte, unsere Liebe sei für ihn etwas Überirdisches von makelloser Schönheit. Bei der Vorstellung, dass diese Liebe durch Babygeschrei und schmutzige Windeln in den Alltag herabgezogen werde, breche ihm das Herz. Bleib mir erhalten, meine Geliebte, so wie du bist, verrate nicht unsere Liebe und mich. Zeig mir, dass du mich ebenso liebst wie ich dich, bring das Opfer der Mutterschaft auf dem Altar der Liebe, ungefähr solchen Unsinn redete er. Er bat mich, eine Nacht drüber zu schlafen, ließ mir ein kleines Geschenk da und ging. Ich konnte nicht schlafen. Ich hätte etwas darum gegeben, wenn ich mich mit jemandem hätte beraten können. Aber da war niemand, dem ich vertraut hätte. Meine Eltern, meine Brüder – unmöglicher Gedanke. Sie wären bloß entsetzt gewesen, dachte ich. Ich machte eine Pro-Contra-Liste. Links schrieb ich alles hin, was für, rechts, was gegen das Kind sprach. Rechts standen schließlich siebzehn, links drei Argumente. Mein Herz war nicht überzeugt, überhaupt nicht, und ich war verzweifelt.

Als Peter am nächsten Abend wieder kam, erklärte ich mich wie ferngesteuert einverstanden. Er nahm alles in die Hände, hatte bereits einen Arzt gefunden, organisierte den Abbruch. Ich war einen Tag und eine Nacht in einer Privatklinik. Alles ganz einfach. Danach lud er mich in ein Nobelrestaurant ein. Ob ich mich denn über sein Geschenk freue, fragte er. Das hatte ich völlig vergessen, es lag zuhause irgendwo rum. Ich saß in dem feinen Lokal wie auf einer Bühne in einem Stück, in dem es für mich keine Rolle gab. Alles irgendwie unwirklich. Ich weiß nicht mal, ob ich überhaupt etwas gegessen habe. Als wir danach bei mir waren, bestand er darauf, dass ich das kleine Päckchen öffne. Es waren weißgoldene Ohrgehänge drin, mit Brillanten und Saphiren. Damit wollte er mich wohl bestechen, dachte ich. Dennoch, ich probierte sie an. Die Dinger waren phantastisch, ich aber sah unglücklich aus, wie aus Wachs. Ich nahm die Juwelen ab, packte sie wieder in die Schachtel und gab sie ihm zurück. Dann bat ich ihn zu gehen. Ich habe ihn nie wieder gesehen. Er war nicht dumm, er wusste so gut wie ich, dass es aus war.«

Was für eine Geschichte. Diese kluge alte Frau, was für ein Schicksal. Mir fällt nichts ein, was ich sagen könnte, ich sehe sie nur an. An meinem Blick muss sie sehen, wie traurig ich mit ihr bin. Sie steht auf, geht raus und kommt mit einer Schale voller Mandelplätzchen wieder.

»Sehen Sie, Laura, das ist lange her, fast vierzig Jahre. Ich habe es überlebt und ich habe daraus gelernt. Sie müssen nicht so traurig sein. Essen Sie die Amaretti, die sind wirklich gut. Und trinken Sie Ihren Tee.«

»Es ist aber total traurig. Wie ging es Ihnen denn danach?«

»Danach – es war als wäre ich versteinert. Ich wurde an ein Gymnasium in Niederbayern versetzt, nach Vilsbiburg, habe funktioniert, unterrichtet, Lehrerfortbildungen besucht. Aber ich hatte keine Gefühle mehr. Ich konnte mich nicht freuen und nicht trauern. Es war, als sei mit dem Embryo auch mein Herz aus mir herausgeholt worden. Ich war nur leer. Ich sah keinen Sinn im Leben. Ich dachte, ich hätte eine Wahrheit erkannt, die andere Menschen, Menschen, die noch lachen und sich freuen konnten, bloß noch nicht gesehen hätten, nämlich, dass das Leben eine sinnlose Qual ist. Wozu leben, wenn das Leben doch nur zum Tod führt? Wozu Kinder in die Welt setzen, wenn auch diese sterben werden? Ich fing an, mir zu überlegen, auf welche Weise ich mich am ehesten umbringen würde. Nicht, dass ich das ernsthaft vorhatte, aber Gedanken daran drängten sich mir immer öfter auf. Dann begannen die Träume, und so schrecklich sie waren, standen sie doch am Anfang von etwas Neuem. Ich träumte von dem Kind. In manchen Träumen kämpfte es im Meer mit den Wellen und ich versuchte, es zu retten. In anderen sah ich es ertrunken unter Wasser liegen und ich sprang hinein, tauchte nach ihm und holte es hoch, um es wiederzubeleben.

In dieser Zeit konnte ich es kaum ertragen, wenn ich Säuglinge sah. Ich begriff, dass es ein Fehler gewesen war, nein, nicht ein, es war der Fehler meines Lebens, mein Kind abzutreiben. Reue und Schmerz kamen mit einer Gewalt über mich, die nicht auszuhalten war. Dann ging ich in den großen Ferien für ein paar Wochen in ein Kloster. Die Schwestern dort waren gut zu mir. Ich nahm an den Gottesdiensten und Gebeten teil und half beim Putzen. Die übrige Zeit gehörte mir. Allmählich lernte ich wieder zu weinen. Die Schwestern hörten mir zu, wenn ich es brauchte, und wenn ich weinte, ließen sie mich weinen. Sie redeten mir den Schmerz nicht aus, sie respektierten ihn. Dass ich den Schmerz fühlen konnte und anzunehmen lernte, das ließ mein Herz allmählich genesen. Wissen Sie, Laura, der Schmerz verschwindet nicht, er wandelt sich.«

»Frau Schrader, eines weiß ich jetzt. Was immer auch geschieht, wenn ich einmal schwanger werde, ich werde das Kind bekommen. Selbst, wenn Malte mich wegen Bea verlässt. Selbst wenn es nicht von Malte ist, weil ich von einem Fremden überfallen und vergewaltigt worden wäre.«

»Das wollen wir doch beides nicht hoffen. Aber schön, es freut mich, dass Sie das sagen.«

Wir schweigen eine Weile. Ob sie nicht zornig auf Peter gewesen war? Ich frage sie danach.

»O ja, sehr sogar. Erst auf ihn. Dann begriff ich, dass er einfach nur derselbe Mann geblieben war, in den ich mich verliebt hatte. Voller Lebenslust, erotisch, faszinierend, aber auch egoistisch und in seinem Egoismus pragmatisch. Dass ich ihn gern anders gehabt hätte, das war nicht seine Schuld. Ich konnte mich nur selbst zur Rechenschaft ziehen. Ich allein war verantwortlich. In dieser Zeit hatte ich einmal ein Gespräch mit der Äbtissin. Sie setzte sich neben mich auf eine Bank im Klostergarten und sagte, ich sähe kummervoll aus. Ich erzählte ihr den Traum der vergangenen Nacht. Ich hatte wieder einmal ein Kind am Grund eines Teiches gesehen und gewusst, dass ich es retten muss. Es gebe zwei Kinder, meinte sie. Das Kind, das ich nicht geboren hätte, von dem müsse ich Abschied nehmen. Einen guten Abschied, das sei wichtig. Nicht versuchen, es zu vergessen, das sei kein Abschied. Ich möge mir etwas einfallen lassen, vielleicht ein Ritual, ähnlich wie bei einem Begräbnis. Wenn ich das möchte, könne sie auch dabei helfen. Das andere Kind aber sei ich selbst. Vielleicht fordere der Traum mich auf, das eigene Wesen zu retten und wiederzubeleben. Sie ging dann und ich dachte nach über das, was sie mir gesagt hatte.

Ich schrieb dem Kind dann einen Brief. Ich schrieb von meiner Reue und schilderte meine Gründe, es nicht zur Welt zu bringen. Während des Schreibens wurde es für mich immer wirklicher. Ich konnte mir so gut vorstellen, wie es geworden wäre, mein und Peters Kind. Auch mich selbst sah ich klarer, sah, warum ich diesen Fehler gemacht hatte. Ich akzeptierte ihn nicht, aber meine Beweggründe konnte ich verstehen. Als der Brief fertig war, verbrannte ich ihn in der Kapelle. Die Äbtissin und ein paar Nonnen waren dabei, sie sprachen einen Segen für Ausgang und Heimkehr, und wir wünschten der Seele des Ungeborenen einen Weg im Licht.

Danach fühlte ich mich seltsam reich. So viele Gefühle bewegten mich, unterschiedlichste Gefühle und Gedanken. Von Trauer und Reue bis zu Erleichterung und Dankbarkeit. Ein Gedanke in diesem Zusammenhang war, dass die Seele, die ich abgewiesen hatte, woanders zur Welt gekommen sei. Ich begann nach ihr zu suchen. Wenn ich jemandem im entsprechenden Alter begegnete, schaute ich ihm oder ihr in die Augen, forschte nach einem Erkennen, einem Wiedererkennen. Das wurde zu einer Gewohnheit, die ich jahrelang beibehielt. Wie sehr hätte ich dieses Kind geliebt!«

Ob Malte das Kind hätte sein können, das sie so lange gesucht hat? Ich rechne nach. Malte ist 36, Frau Schrader 67, so weit ich weiß – nein, er müsste älter sein. »Denken Sie immer noch daran?«

»Eher selten inzwischen. Es ist nicht mehr nötig. Da ich Menschen auf diese Weise wirklich ansah, schauten die oft auch wirklich zurück. Ich konnte meine Liebe so viel mehr Menschen als dem einen Kind geben, dass meine Liebe über es hinaus wuchs. In jedem Menschen, der mir begegnete, versuchte ich das einmalige Wunder seines Wesens zu erkennen. Aus meinem Schmerz um das Ungeborene erwuchs das Wissen um die Kostbarkeit jedes Lebens, jedes Augenblicks auch. Statt der Vergangenheit und dem Versäumnis nachzutrauern, konzentrierte ich mich auf die Gegenwart.«

Sie schweigt, lächelt mir zu. »Sehen Sie, Laura, letztendlich hat der Schmerz mich sehr reich gemacht. Ich kann andere jetzt unabhängig davon lieben, wie man mich behandelt. Und es ist auch nicht mehr meine Liebe, die ich gebe, es ist die Liebe, von der ich Ihnen vorhin sprach. Die Liebe, die, wie Dante sagt, die Sonne und die anderen Sterne bewegt.«

»Darum haben Ihre Schüler Sie auch so geliebt.« Wie ich, hätte ich am liebsten gesagt, bin aber zu scheu und hoffe, sie werde es schon gemerkt haben.

»Ja, das mag wohl sein. Wir bekommen ja meist das, was wir geben.«

»Und was war mit dem anderen Kind? Ihr eigenes Wesen, das der Traum Sie zu retten aufforderte?«

»Nun ja – auch dabei unterstützte mich die Äbtissin. Wie das geht, das haben Sie ja gerade eben selbst erlebt.«

Jetzt ist es gut, denke ich, mehr mag sie nicht erzählen. »Ja«, sage ich, »und ich bin Ihnen dafür dankbarer, als Worte es ausdrücken können. Die ganze Zeit, während ich hier mit Katze auf dem Schoß Ihre Geschichte höre, ist das Kind bei mir, das Kind, das ich selbst bin. Es ist eine so große Freude. Und Liebe.«

Sie lächelt. »Trinken Sie noch eine Tasse Tee«, sagt sie und schenkt mir ein.

Ich stelle Katze vorsichtig auf den Teppich. »Ich werde jetzt gehen. Sie sollten uns bald einmal besuchen. Zum Abendessen, wenn Sie mögen. Sie müssen Malte ja kennen lernen, wenn wir im nächsten Jahr miteinander segeln wollen.«

»Das können wir machen. Aber warten Sie erst einmal ab, wie es Ihnen jetzt mit ihm geht.«

»Heute ist der wichtigste Tag meines Lebens«, sage ich und denke zugleich – stimmt das? Einschließlich des Hochzeitstages? Ja, es stimmt.

»Möge der Tag auch gut enden. Es war auch für mich eine Freude, dass Sie da waren. Und – noch etwas. Verzeihen Sie einer alten Lehrerin, dass sie Ihnen so viele Ratschläge gibt. Aber dieser ist wirklich wichtig. Denken Sie nicht, dass Sie besser seien als Ihre Bekannten, nur weil Sie etwas mehr als die gesehen haben.«

Malte

Wir stiegen die meiste Zeit schweigend ab, sprachen wenig. Mit jedem Schritt talwärts spürte ich, wie meine Stimmung schwerer wurde, sich der dichten Welt dort unten annäherte. Gedanken an meine Schuld vor Laura stiegen wieder auf. Hätte ein anderer sie verletzt, so hätte ich mit Laura gefühlt und sie sehr bedauert, doch so schwer belastet wie meine eigene Schuld hätte es mich nicht. Ich hätte Laura trösten und mich als um so viel edlerer Mensch fühlen können, wenn ein anderer ihr Unrecht getan hätte. Aber nun war ich selbst der Schuldige geworden. Ich habe die Unschuld verloren, die bislang von mir zu Laura bestand. Doch gab es die je? Nein. Menschliche Unschuld ist eine Illusion.

Die bedingungslose Liebe, die ich während des Betens empfunden hatte, drohte sich mir zu entziehen, während das Hadern mit meiner Schuld sich davor schob. Nein, das darf nicht sein. Ich will mich dieser Liebe erinnern, mehr noch, sie in mir lebendig erhalten – für mich und für Laura. Für meine Patienten, für alle. Die Erleichterung auch, dass ich nicht vollkommen sein muss, um geliebt zu werden. Vollkommen ist die Liebe, ohne Grenzen, Trennungen, Hierarchien. Doch dies waren bereits Gedanken anstelle der Seligkeit selbst. Die Intensität ließ sich nicht halten, wurde zu bloßer Erinnerung. Gedanken nahmen ihren Raum ein.

Wie war Kurt darauf gekommen, mir Beten zu empfehlen? Ich sah seine Gestalt vor mir zwischen den Felsen, versuchte, ihn mir auf einer Kirchenbank vorzustellen. Eigentlich ist es seltsam, dass wir nie über Glauben gesprochen haben, obwohl wir den Beginn unserer Freundschaft einer todkranken Patientin zu verdanken haben. Ich war Arzt im Praktikum an derselben Klinik, an der er als Assistenzarzt arbeitete. Innerhalb der übrigen Belegschaft – Stationsarzt und Klinikchef eingeschlossen – waren wir beide die Einzigen, die die Frau in Ruhe sterben lassen wollten. Die anderen, Ärzte, Pflegepersonal, Physiotherapeuten, benahmen sich als seien sie blind für die Tatsache, dass der Exitus – wie wir den Tod nennen, als entrücke ihn die lateinische Bezeichnung in sichere Ferne – unabwendbar bevorstehe, behandelten sie, als sei noch Hoffnung. Die Patientin sagte, sie könne nicht aufstehen, sie sei zu schwach. Dennoch zerrte man sie hoch, sie musste zum Waschen, Krankengymnastik und Massagen wurden verabreicht. Es war ihr alles zu viel. Sie wollte nichts mehr zu sich nehmen – man brachte das Tablett mit ihrer Mahlzeit. Tochter und Schwiegersohn redeten ihr zu, sie müsse wieder zu Kräften kommen, schoben ihr den Löffel in den Mund. Und sie, zu schwach sich zu wehren, versuchte, den Brei hinunter zu schlucken. Wenn Kurt in ihr Zimmer kam, lächelte sie. Er befeuchtete ihre Lippen, setzte sich zu ihr, hielt ihre Hand und hörte zu. Als ich einmal bei der Übergabe zu bemerken wagte, diese Patientin wünsche sich doch offensichtlich, in Frieden sterben zu können, bekam ich vom Oberarzt zur Antwort, als Ärzte müssten wir dem Leben dienen, nicht dem Tod. Kurt sah mich damals kurz an. Als wir uns später im Korridor begegneten, blieb er stehen und sagte: »Du hast recht. Der Tod gehört zum Leben. Und wir dienen dem Leben nicht, wenn wir einen Patienten am Sterben zu hindern versuchen.«

Als der Weg breit genug geworden war um nebeneinander zu gehen, fragte ich: »Kurt, glaubst du an Gott?«

»Nein.«

Ich war überrascht. Hätte jemand mich gefragt, ob ich einen gläubigen Menschen kenne, dann wäre Kurt mir vermutlich als erster eingefallen. Er hat etwas Lauteres und Unbedingtes an sich. Ich hatte geglaubt, so kann nur jemand sein, der gläubig ist.

Nach einer Weile sagte er, »warum fragst du?«

»Eigentlich wollte ich wissen, wie du dir Gott vorstellst. Immerhin war es ja deine Idee, dass ich beten könnte.«

Kurt schwieg für den Rest des Abstiegs, und ich überlegte, ob ich ihm mit der Frage zu nahe getreten war.

Unten setzen wir uns vor einer Wirtschaft in die Sonne und bestellen Kaiserschmarrn. »Bei deinem ausgeprägten Gerechtigkeitssinn, wieso hast du da eigentlich Medizin studiert?« fragt Kurt.

»Eigentlich wollte ich ja auch Jura studieren, wollte für das Recht kämpfen, weißt du. Als Kind hatte ich Polizist werden wollen, so einer, der Verbrecher fängt und ins Gefängnis bringt. Später wäre ich gern Staatsanwalt und Richter in einer Person geworden. Als ich begriff, dass das nicht geht, ja, und nachdem ich mich von ein paar Jurastudenten hab informieren lassen über das Studium, habe ich mich für Medizin, für Neurologie entschieden.«

»Du hast gleich gewusst, dass du Neurologe werden willst?«

»Neurologe oder Psychiater, ja, oder beides. Ich ging davon aus, dass die meisten Straftaten von kranken Menschen begangen werden. Und wenn es gelänge, das Nervensystem eines potentiellen Verbrechers in Ordnung zu bringen, dass das ein wesentlicher Beitrag zu einer besseren Gesellschaft wäre.«

»Interessanter Gedanke.«

»Als Kind konnte ich es nicht ertragen, wenn ich Ungerechtigkeiten miterlebte. Einmal im Kindergarten zum Beispiel hatte einer einen Ball durchs Fenster geschmissen, die Scheibe war kaputt, und der beschuldigte ein anderes Kind. Ich hatte gesehen, dass er es gewesen war, aber ich traute mich nicht, das zu sagen. Ich hatte Angst vor dem, er war stark und er war gemein. Später wurde ich ein paar Mal selbst zu Unrecht beschuldigt, das habe ich jedes Mal als gerechte Strafe für mein Schweigen angesehen. Es verfolgt mich bis heute, dass damals der Falsche bestraft wurde, nur weil ich nicht den Mut besaß, die Sache richtig zu stellen. Und manchmal stelle ich mir vor, wie ich vor mir selbst und vor der Ewigkeit als Märtyrer für die Gerechtigkeit dagestanden hätte, wenn ich mich bloß getraut hätte.«

»Dazu warst du damals zu klein.«

»Glaubst du? Ich weiß nicht.« Ich widme mich meinem Kaiserschmarrn. Nach einer Weile sehe ich Kurt bedeutsam an und sage, »Kurt, weißt du, was mir gerade klar wird?«

»Was denn?«

»Dass zu Kaiserschmarrn ein Kaffee gehört.« Ich bestelle uns welchen.

»Die Welt ist schwarz und weiß. Gut und böse. War sie bisher für mich. Das sehe ich jetzt erst. Weißt du, darum habe ich dich nach Gott gefragt. Weil – ach, ich rede Unsinn.«

»Gar nicht. Ich glaube, ich verstehe. Du kannst Unrecht nicht ertragen. Hast vermutlich mit Gott deswegen gehadert – ?«

»Ja, genau. Ich hab immer wieder darüber gegrübelt, warum es das Böse gibt. Letzten Endes habe ich mich dann entschlossen, dass ich, wenn schon Gott keine gute und gerechte Welt erschaffen hat, dass wenigstens ich so gut und gerecht wie möglich sein werde.«

»Wenigstens du«, er lächelt freundlich und eine Spur spöttisch, »und hat's funktioniert?«

»Bis vor einem Jahr mehr oder weniger.« Sogar so lange, bis Laura mich beim Lügen ertappt hat, dachte ich. Eigentlich hatte ich ja nicht das Gefühl, ihr durch meine Liebe zu Bea zu schaden. Es lief ja alles prima, bis sie eifersüchtig wurde. Aber dann saß ich in der Falle. Dann war es die Hölle. »Aber seit Bea bin ich nicht mehr gut und gerecht. Ich war es, der das Böse in die Welt, na ja, in meine Ehe gebracht hatte. Meinetwegen fing Laura an zu trinken, meinetwegen hat sie sich umbringen wollen.«

Der Kaffee kommt. Ich halte mich an dem warmen Becher fest. Die Alpen stehen klar und schön unter dem Septemberhimmel. Vor kurzem hatte ich noch dort oben auf den Felsen gelegen. Dort waren meine Schuld und meine Reue weggefegt worden von der Macht unendlicher Liebe. Schuld ist Vergangenheit, Liebe ist Jetzt.

»Malte, das war das Beste, was dir passieren konnte. Du solltest für Bea eine Kerze stiften. Ohne sie wärest du selbstgerecht geblieben. Und wie alle Selbstgerechten in der Gefahr, erbarmungslos zu werden.«

Wumm. Schon wieder. Ein Schlag mitten in die Wahrheit, erst schmerzt es und dann, als sei ein Leuchten freigesetzt worden, explodiert die Freude. Ich sehe Kurt an, der gleichmütig die letzten Reste seines Kaiserschmarrns vertilgt. »Mensch, Kurt, was bist du für ein Freund. Dem Himmel sei Dank für dich.«

Wir brechen bald auf, denke ich. Wer weiß, wann ich Kurt wieder sehe. »Kurt«, sage ich, »darf ich dich noch etwas fragen?«

»Klar. Was denn?«

»Wieso glaubst du nicht an Gott? Ich erlebe dich ganz anders.«

Kurt richtet sich noch etwas gerader auf. Er blickt mich mit sehr konzentriertem Ausdruck an. »Glaubst du an diesen Wirthaustisch?«

Ich verstehe nicht. Wieso Tisch? Da steht unser leeres Geschirr drauf und die Kaffeetassen, wieso glauben? Ich sehe ihn verständnislos an.

»Glaubst du an die Luft? An deinen Körper? Glaubst du an diesen Tag? An deine Gedanken? Daran, dass zwei und zwei vier sind?« Er sieht mich an, als wolle er durch seinen Blick etwas mitteilen, wozu die Sprache nicht imstande ist. »Malte, Gott ist ein four letter word. Und heilig, ja, vor allem heilig. Aber missverständlich. Gott wird missbraucht um Kriege zu rechtfertigen und um Kinder dazu zu bringen, sich so zu verhalten, wie es die Eltern wollen. Autoritäten verlangen in seinem Namen, die eigene Vernunft zu opfern. Nun gut, aber bei uns ist es sein geläufigster Name.« Er schweigt. Ich staune. Wie beredt er auf einmal ist. »Glaubst du an die Sonne?« Er weist dorthin, wo sie steht. Ich verstehe noch immer nicht. Er starrt mich an, wartet auf Antwort.

»Wieso glauben – sie ist doch da«, sage ich.

»Ja. Genau so. Wieso glauben.«

Wieder – wumm.

»Wir sind so erzogen worden, dass wir uns Gott weit weg vorstellen, nicht wahr. Und unendlich erhaben. Ich brauche nicht an Gott zu glauben, so wenig, wie ich an meine Hände glaube.« Er spreizt die Finger seiner rechten Hand, dann berührt er leicht die meine.

»Gott ist wirklicher als unsere Hände«, sagt er. Ich erlebe etwas, was mit Worten nicht auszudrücken ist. Ohne mein Zutun wird es heller um uns, es ist, als werde ich eine Stufe empor gehoben, werde entkleidet und getauft. Ich sehe ihn an, unsere Blicke begegnen sich. Helligkeit taucht ein in Helligkeit.

»Um deine Frage zu beantworten: ich glaube nicht, weil ich weiß. Und ich nenne es nicht Gott.«

Nach einer Weile frage ich: »wie denn dann?«

»Lass uns später weiter reden. Wir sollten allmählich aufbrechen.«

Laura

Ehe ich mich ins Auto setze schaue ich zu den Fenstern, hinter denen meine wunderbare Lehrerin wohnt. In mir pulsiert Freude, ich muss ihr Ausdruck verschaffen. Und zwar gleich jetzt, noch heute. Ich gebe die Liebe weiter an Malte, ob er sie haben will oder nicht. Was er damit macht, ist seine Sache. Meine Aufgabe ist leicht: ich brauche nur noch zu lieben. In diesen Augenblicken erscheint es mir vollkommen einfach, ab jetzt jeden einzelnen Menschen zu bejahen so wie er ist. Selbst jene, die es mir schwer machen, sie zu mögen. Und auch die, die mich kränken. Ich weiß, sie tun es nicht absichtlich. Sie tun es, weil sie Probleme haben. Ich werde mich ihnen nicht mehr unterlegen fühlen. Die unendliche Liebe, die ich in mir entdeckt habe, macht mich unangreifbar, macht mich stärker, als dass irgendetwas mich noch verunsichern könnte.

Ich mache aus dem Glück dieses Tages ein Fest. Ich werde Malte anstecken mit meiner Freude. Ich mache ein gutes Essen. Ich freue mich auf ihn.

Nun fuhr ich doch noch zum Hauptbahnhof, wo man im Tiefgeschoss auch sonntags einkaufen kann, besorgte alles, was ich zu einem Festessen brauche. Die Kassiererin zog die Waren über den Scanner, sie hatte ein müdes Gesicht. Während ich zahlte, fragte ich sie, ob sie noch lange zu arbeiten habe. Bis acht, erwiderte sie. Ich wünschte ihr einen schönen Feierabend, wenn es dann so weit sei. Sie blickte auf. »Ihnen auch einen schönen Sonntagabend«, sagte sie und wir lächelten uns an.

Ihr Blick begleitet mich. Wenn man jemandem wirklich in die Augen sieht, geschieht etwas, eine Berührung. Ich freue mich und denke, ihr wird es auch so gehen.

Malte

Wir fahren mit Kurts Auto. Das unsere habe ich Laura da gelassen, um damit zu ihrer ehemaligen Lehrerin zu fahren.

Ich nenne es nicht Gott, hat Kurt gesagt. Vielleicht sind Namen unwichtig. Wichtig ist, was ich heute erlebt habe. Ich denke an die Stadt, an die Woche, die morgen beginnt. Meine Patienten – ich werde sie anders, achtsamer behandeln, respektvoller als bisher. Auch mein Bild von mir selbst muss ich revidieren. Nicht mehr makellos sein wollen, sondern verstehen und zu vergeben üben. So wie ich Vergebung erlebt habe. Diese Macht der Liebe in mir lebendig erhalten.

Und – Bea wird wieder kommen. Ich werde ihr danken für dieses Jahr, in dem wir uns geliebt haben. Ich werde sie daran erinnern, dass sie es ein Spiel sein lassen wollte. Lass uns frei sein, werde ich sagen. Wir waren immer frei, wird sie antworten. Es war wunderbar, und jetzt ist es zu Ende. Ob es wirklich so einfach gehen wird, denke ich. Ich werde fragen: ist das für dich so einfach? Nein, wird sie sagen, aber ich halte mich an die Regeln. Manchmal tut das weh. C'est la vie … Auch mir tut es weh. Ach Bea. Dein Duft, dein Lachen, deine Umarmungen. Dass der Abschied so weh tut ist der Preis dafür, dass die Liebe mich von der Schuld befreit.

Auf der Autobahn kurz vor München sage ich, »wie wäre es, wenn wir alle drei heute Abend essen gingen? Du und Laura und ich? Es gibt einen guten Italiener gleich bei uns ums Eck.«

»Warum nicht. Wenn Laura auch mag. Ruf sie doch mal an, frag sie.«

Ich rufe Laura an, mit Herzklopfen.

»Essen mit Kurt? Ja, prima Idee. Bring ihn mit. Wir essen aber bei uns, ich mache gerade ein Festessen.«

Ich bin perplex. Erzähle Kurt, was sie gesagt hat. Er sagt nur, »toll. Festessen klingt gut.«

Laura

Als ich in die Wohnung komme, halte ich inne. Ich wohne hier. Was habe ich bei Frau Schrader erkannt – dass ich mich wie Maltes Sklavin benommen habe. Nicht, dass er das je gewollt hätte, im Gegenteil. An mir allein hat es gelegen. Ich selbst hatte mich für so gering gehalten, dass ich meinte, durch Unterwürfigkeit seine Liebe verdienen zu müssen. Was für ein Irrtum! Liebe kann man gar nicht verdienen. Und verdiente Liebe ist keine Liebe, ist bestenfalls Anerkennung.

Überhaupt hab ich mich ständig so benommen, als sei ich selbst nicht wichtig. Ich habe auch der Wohnung gedient und ihrer Sauberkeit, damit für Malte alles in Ordnung ist, habe auch bei meiner Arbeit nur gehorcht, wenn ich den jeweils nächsten Artikel termingerecht abzuliefern suchte. Habe mich allen Anforderungen unterworfen, mich grundsätzlich unterlegen gefühlt. Aber ab jetzt lasse ich die Wohnung dienen. Sie wird der Raum, in dem wir unsere Liebe wachsen lassen. Und ich bin eine Königin. Königin, die weiß, was sie will. Was will ich? Ich will in Frieden mit mir selbst leben. Statt mich darum zu sorgen, ob ich geliebt werde, will ich lieben. Ich schaffe ein Reich der Liebe in dieser Wohnung, in meinem Alltag.

Ich muss lächeln über mich selbst, mache Ordnung, stelle eine Flasche Sekt in den Kühlschrank und bereite alles so weit für das Abendessen vor, dass ich nachher, wenn Malte da ist, nur noch den Eischnee schlagen und unterheben und den geriebenen Käse auf das Soufflé streuen muss, und dann kann es in den Herd. So, und jetzt machen wir die Königin schön für das Fest, sage ich. Beim Duschen behandle ich meinen Körper so liebevoll wie eine gute Mama es mit dem ihres Kindes täte. Das warme Wasser spült die Vernachlässigung meiner selbst weg, ich Königin schaue mich an – und: ich bin schön. Ich ziehe das Seidenkleid mit den großen bunten Blüten darauf an, das ich zu unserem Hochzeitsempfang vor drei Jahren getragen habe. Welch ein Kind war ich damals. Jetzt bin ich erwachsen.

Soll ich mir eine CD auflegen? Das ist nicht nötig, ich habe Musik in mir, ich habe genug an meinem eigenen Glück. Als ich anfange den Tisch zu decken klingelt mein Handy. Malte und Kurt wollen mit mir zum Italiener gehen. Kurt – ja, gut, das passt. Ich sage, ich mache gerade ein Festessen. Ich decke den Tisch für drei.

Als ich Kurt kennen lernte, fand ich ihn seltsam. Seine Art, einen freundlich anzusehen und zu schweigen verunsicherte mich anfangs mehr und mehr. Weil er Psychotherapeut ist, nahm ich an, er durchschaue mich, sehe mehr von mir als ich selbst weiß. Mit der Zeit fand ich ihn immer netter. Ich begriff, dass ich die Initiative ergreifen muss, wenn ich möchte, dass er auch mal etwas sagt. Er ist zuverlässig, er sagt, was er denkt und er hat Humor. Und er sieht gut aus mit seinen wilden braunen Locken. Ich wunderte mich, dass er keine Partnerin hat und fragte Malte, warum er allein lebe. Malte wusste es nicht. Männer sind seltsam, sie können Jahre miteinander befreundet sein, ohne die wichtigsten Dinge voneinander zu wissen.

Ich nehme es als ein Geschenk des Schicksals, dass Kurt heute Abend bei uns ist. Ich freue mich auf ihn, ich freue mich auf Malte. Wenn heute die ganze Stadt zu uns käme – ich hätte genug Liebe für alle in mir. Und Kurts Anwesenheit wird das Fest, das ich vorbereite, leichter gelingen lassen.

Die Königin hatte nicht bloß alles schön gemacht und Kerzen angezündet. Ich hatte mir auch innerlich einen Lichtwechsel ermöglicht, ähnlich, wie im Theater eine andere Stimmung entsteht, wenn die Bühne andersfarbig beleuchtet wird. Kurz ehe die beiden Männer eintrafen dachte ich darüber nach, wieso es mich eigentlich nie gestört hatte, dass Malte andere Frauen vor mir geliebt hatte. Auch ich hatte Erfahrungen mit zwei Partnern, ehe wir uns begegnet waren. Ich beschloss, heute Abend neu anzufangen, so, als hätten wir noch keine gemeinsamen Erinnerungen, so, als hätte er vielleicht anderen, nicht aber mir weh getan.

Als Malte mich sieht, sagt er nur »Oh – «, sichtlich überrascht von all der Pracht. Kurt meint, wenn ich mich so festlich angezogen hätte, dann wollten auch sie wenigstens duschen. Ob sie nicht erst ein Glas Sekt trinken wollen, frage ich. Nein, jetzt erst einmal Wasser, sie haben Durst, später dann den Sekt. Kurt verschwindet als erster im Bad. Ich setze mich auf die Couch.

»Laura. Wie bist du schön. Meine Frau. Meine wunderbare Frau.« Malte setzt sich zu mir. Ich bin jetzt hier. Ich lasse unsere Geschichte heute Abend beginnen. Er legt einen Arm um mich und ich lehne mich an ihn. Es ist gut. Nach einer Weile sagt er, »ich danke dir für deine Geduld.« Wir bleiben ruhig miteinander sitzen. Es fühlt sich an wie nach Hause zu kommen.

Kurt will nach dem Duschen nicht wieder seine Wandersachen anziehen und kriegt von Malte einen sauberen Aikido-Anzug. Er sieht gut aus darin, hat das Flair von Reinheit und Weisheit. Während Malte duscht, mache ich die Bruschette warm und das Soufflé so weit fertig, dass es in den Herd kann. Als er in frischen Sachen ins Wohnzimmer kommt, setzen wir uns zum Sekt.

Malte sagt, zu duschen nach einem solchen Tag sei wie eine Taufe. »Ich fühle mich äußerlich und innerlich sauber, fast wie unschuldig.« Dann erzählt er von der Wanderung. Es sei wunderschön gewesen auf dem Vogelsang, er wünsche mir nur, dass ich einen ähnlich erfüllten Tag bei meiner alten Lehrerin gehabt habe.

Eingedenk ihrer Warnung sage ich nicht mehr als, ich sei froh, dass ich sie besucht habe, und ich würde sie gern einmal zu uns einladen, damit er sie auch kennen lerne.

Es sind normale Sätze, die ich sage, aber ich sage sie als ich selbst, und das fühlt sich leicht an und zugleich ungewohnt. Mir ist es noch neu, Königin zu sein. Ich werde es trainieren. Eine Königin wird mit Ehren empfangen. Ich aber habe mich bisher hinter einer angepassten Maske versteckt. Wenn ich nicht aufpasse, habe ich die gleich wieder vor meinem Gesicht. Ich übe, mein wahres Wesen zu zeigen.

Kurt und Malte erzählen sich immer die neuesten Psychiaterwitze, und Malte weiß einen: Wie viele Psychiater braucht man, um eine Glühbirne zum Leuchten zu bringen? Nur einen, aber die Glühbirne muss es auch wirklich wollen. Ich lache, nicht allein über den Witz, ich lache auch vor Glück über diesen Tag, diesen Abend, darüber, dass ich mich so lebendig fühle.

Kurt hat sich bisher, wie es seine Art ist, ziemlich zurück gehalten. Unsere Stimmung ist leicht und gelöst, ich denke, es ist ein guter Moment, um vertrauter mit ihm zu werden.

»Wie lange kennen wir uns jetzt?« wende ich mich ihm zu.

»Etwas mehr als vier Jahre«, sagt er, »ich kann mich gut daran erinnern, wie ich dich zum ersten Mal gesehen habe. Es war in Ammerland am Strand.«

Ja, ich weiß. Schon vom Wasser aus hatte ich gesehen, dass Malte nicht mehr allein war. Das musste Kurt sein, der da neben ihm saß, Malte hatte ihn gefragt, ob er den Tag mit uns verbringen wolle. Der See wird dort ganz allmählich tiefer, so dass man erst weiter weg vom Strand schwimmen kann. Das ist angenehm für die Familien mit kleinen Kindern, aber ich wurde immer unsicherer, als ich so lange zurück waten musste, während die beiden Männer mir zusahen. Wie sehe ich aus, dachte ich, und ich wünschte mir, dass Kurt mich attraktiv finden und mich mögen würde. Er sah mich irgendwie seltsam an. Als sei er soeben erst aus weiter Ferne, aus dem Weltraum gekommen. Was ist los, dachte ich – warum guckt er so ernst – ist er traurig?

»Du kamst wie Aphrodite aus dem Wasser. Ich habe gedacht, was für ein Glückspilz Malte ist.«

»Und ich war stolz, dich kennen zu lernen. Dass Malte mich mit seinem besten Freund bekannt macht, das war für mich ganz wichtig. Ein bisschen unsicher war ich auch, weil ich dachte, ihr Psychotherapeuten habt Röntgenaugen.«

Er lacht, hebt sein Glas. »Auf unsere Freundschaft«. Wir stoßen zu dritt an.

»A propos Röntgenaugen – es geht dir gut, nicht wahr?« Kurt hat einen dermaßen klaren Blick, dass ich mich tatsächlich bis in die Tiefe meines Herzens gesehen fühle.

»Ach ja, weißt du – ich habe heute beschlossen, nur noch das zu tun, was ich wirklich tun will. Und das, was ich tue, so gut wie möglich zu machen. Alles, was ich tue, mit ganzem Herzen zu tun.«

»Herzlichen Glückwunsch.«

»Wie soll denn das gehen«, sagt Malte, »man kann doch nicht nur Sachen tun, die einem Spaß machen. Manches ist doch einfach notwendig und man muss es machen, obwohl es einem unangenehm ist. Müll runter tragen, zum Zahnarzt gehen, Steuererklärung und so.«

»So meine ich das auch nicht«, sage ich. »Wenn ich Müll runter trage, dann will ich das ja tun. Ich glaube, es sind viel weniger Dinge notwendig, als wir denken. Den Müll zum Beispiel könnten wir auch in der Wohnung lassen, aber dann stinkt er mit der Zeit. Und wenn ich mir bewusst mache, dass ich ihn freiwillig entsorge, weil ich möchte, dass es in unserer Wohnung gut riecht, dann fühle ich mich besser, als wenn ich mich ärgere, dass ich ihn runter tragen muss.«

»Na ja, ich weiß nicht«, sagt Malte, »das kommt mir ziemlich sophistisch vor. Wäre es nicht ehrlicher, ihn einfach runter zu tragen, weil es nötig ist?«

»Für mich ist es ein Unterschied, ob ich etwas tue, weil ich muss, oder weil ich es tun will. Ich fühle mich dann frei. Und wenn ich schon etwas tue, weil ich mich dazu entschlossen habe, dann kann ich es auch gut machen. Das macht dann viel mehr Freude, als wenn ich es stöhnend und notgedrungen tue und dabei denke, lieber würde ich jetzt im Liegestuhl liegen und nichts tun.«

Malte ist offensichtlich nicht überzeugt. Ich gucke zu Kurt. Der lächelt und schweigt. Ich glaube, er versteht mich. Jetzt schaue ich ihn so offen an, wie er mich soeben ansah.

»Manchmal habe ich mich gefragt, wieso ein so prima Kerl und gut aussehender Mann wie du es bist keine Frau hat. Warum lebst du eigentlich allein?«

Kurt sieht mich an, dann Malte, presst die Lippen zusammen. Er nimmt eine Bruschetta, schaut sie an, legt sie zurück. Er schweigt etwa eine Minute und ich werde unsicher. Ob er jetzt sagt, das gehe mich nichts an? Hätte ich ihn das nicht fragen sollen?

»Ich war ein bisschen anders als andere Jungen, wisst ihr. Ich wurde mit einer Hypospadie geboren.« Ich weiß nicht, was das ist, will ihn aber nicht unterbrechen. Malte sieht ihn ernst und sehr aufmerksam an.

»Meine Mutter hatte Angst davor, mich operieren zu lassen. So habe ich das als Kind möglichst versteckt, hab zum Beispiel nicht mit gemacht, wenn die anderen Buben gewettet haben, wer am weitesten pinkeln kann. Hätte ich auch gar nicht können. Sie haben mich dann als geschamig gehänselt, und ich schämte mich noch mehr. Als ich sechzehn war, habe ich mich verliebt. Rettungslos, ausweglos. Ich dachte an nichts anderes mehr als an dieses Mädchen. Alles in mir, jede Faser meines Seins, verlangte nach ihr. Aber wie konnte ich um sie werben, deformiert wie ich war? Ich bestand auf einer Operation. Ich wurde operiert.«

Er steht auf, geht zum Fenster, guckt in die Dunkelheit. Dann dreht er sich zu uns. »Und dabei sind beide Schwellkörper verletzt worden.«

»Oh – «, sagt Malte erschrocken.

Kurt sieht mich an, lächelt. »Hypospadie ist eine Fehlbildung des Penis. Die Harnröhre – ach, lass es dir gelegentlich von Malte erklären. Nach dieser Operation hatte ich jahrelang Probleme, Schmerzen, Schwellungen und so. Außerdem eine iatrogene erektile Dysfunktion. Auf deutsch gesagt: als Mann war ich durch einen ärztlichen Kunstfehler unbrauchbar geworden.«

»Nein«, sage ich unwillkürlich.

»Doch. Die Jahre dann waren furchtbar. Schlimmer als die Schmerzen war, dass ich nicht wusste, was ich bin. Ein halber Mann, ein

Krüppel, ein Nichts? Ich zog mich total zurück. Ich machte einen weiten Bogen um das Mädchen, das ich liebte, sah sie nicht mehr an, sprach kein Wort mehr mit ihr. Ich ging auf keine Party, in keine Disco. Dann war in meiner Post immer wieder Potenzmittelwerbung, keine Ahnung, wer mir die hatte schicken lassen. Eine Frau in spärlicher Reizwäsche mit halb geöffneten Lippen in aufreizender Pose, leicht zurück gebeugt, quer über ihrem nackten Bauch steht – glaub mir, es klappt, und: tausend Männer können sich nicht irren. Ich dachte, da haben die anderen in meiner Schule mitgekriegt, dass ich nicht kann, wollen mich verarschen. Oder auch helfen. Egal, es war die Hölle.« Er macht eine Pause, dann lächelt er. »Das ist jetzt lange her, mehr als ein Viertel Jahrhundert.«

»Du hast mir nie davon erzählt«, sagt Malte.

»Du hast mich nicht gefragt. Aber das allein ist nicht der Grund. Ich – ihr beide seid die Ersten, mit denen ich darüber spreche, außerhalb meiner Lehranalyse natürlich.«

Ich würde Kurt am liebsten in die Arme nehmen, ihn halten, ihm all mein Mitgefühl und alle meine Wärme geben. Ich sage, »Kurt, du bist ein wunderbarer Mann. Und um eine Frau sexuell glücklich zu machen, braucht man nicht unbedingt einen Penis. Wirklich nicht!«

»Ja, ich weiß«, sagt er und schüttelt dabei abwehrend den Kopf. »Damals sah ich keinen Ausweg, hab mich in meiner Verzweiflung an den Gärtner erinnert, der mir die inneren Augen geöffnet hatte, als ich dreizehn war. Ich musste ihn wieder sehen, ich dachte, er wird mir helfen. Ich erkundigte mich nach ihm bei der Gartenbaufirma, die mein Vater damals beauftragt hatte, vergeblich. Es war, als hätte es ihn nie gegeben. Vielleicht hatten sie ihn schwarz arbeiten lassen, und nun wollte keiner was davon wissen. Wie auch immer, er war meine einzige Hoffnung, und ich fand ihn nicht. Bis mir eines nachts, als ich nicht schlafen konnte, einfiel, wie er mir gezeigt hatte, dass der Baum, den sie gefällt hatten, in mir noch lebt. Ich dachte, dann gibt es auch ihn, den Gärtner, in mir. Laura, was macht eigentlich das Soufflé? Ich glaube, ich rieche da was.«

Das Soufflé! Ich renne in die Küche und komme gerade noch rechtzeitig.

»Ich erzähl euch nach dem Essen weiter, wenn ihr wollt«, sagt Kurt.

»Bitte. Unbedingt.«

Malte

Jetzt so einfach zu essen erscheint mir unmöglich und auch irgendwie unpassend. Dennoch, das Soufflé und der Salat sind köstlich, und Kurt und ich sind hungrig. Laura isst wenig. Wie hat diese Frau sich in dieser kurzen Zeit, im Lauf eines einzigen Tages, gewandelt. Wie auferstanden von den Toten. Was für ein Wunder. Heute Morgen sah sie noch aus wie jemand, der seit langem krank ist. Nicht nur, dass sie strahlend aussieht, sie leuchtet auch von innen. Sie ist glücklich, ja, das ist es. Wie zärtlich hat sie sich vorhin an mich geschmiegt. Als suche sie Schutz bei mir. Für sie bin ich stark. Ohne dass sie ein einziges Wort sagte, spürte ich, dass sie mir vergab. Und die Wärme, mit der sie Kurt eben zu trösten versuchte. Diese alte Lehrerin hat offenbar ein Wunder vollbracht. So wie ich es durch Kurt erlebt habe.

Ach, Kurt. Mein guter, wunderbarer, armer Freund. Und ich Idiot, ahnungslos wie es um ihn steht, frage ihn um Rat, wie ich alle beide, Laura und Bea, behalten kann – ihn, der wohl nie eine Frau besessen hat. Das ist, wie wenn ein Reicher sich um Hilfe an einen Besitzlosen wendet. Doch nein – auf einer wesentlicheren Ebene ist er reich und ich war arm. Und er hat mich an seinem Reichtum teilhaben lassen. Eigentlich bin ich bis heute wie ein Halbblinder durch das Leben getaumelt. Hab immer nur das gesehen, was direkt vor meiner Nase lag. Hab das Nächstliegende ergriffen, ohne nach dem Wozu zu fragen. Erst durch Kurt habe ich etwas erlebt, was größer ist als meine Schuld. Größer als ich. Den Vergebenden. Die Urgewalt des Universums.

»Zum Dessert gibt es Mousse au chocolat«, verkündet Laura, als sie die Teller abräumt.

»Nein, wirklich – das ist ja der reine Wahnsinn. Mein Lieblingsnachtisch«, sagt Kurt. »Aber ich kann nicht mehr.«

Ich auch nicht. Zumindest nicht jetzt gleich. Wir beschließen eine Weile zu warten. Erst einmal gibt es Espresso.

»Du hast deinen Gärtner nicht wieder gefunden?« frage ich Kurt.

»Nicht in der äußeren Welt. Es gibt verschiedene psychologische Erklärungen für das, was ich dann erlebte, und sie interessieren mich alle nicht. Jedenfalls wurde ich aus tiefster Verzweiflung gerettet und am Ende fand ich meinen Weg. Fand meine Aufgabe, die sich aus meinem Manko ergab.

Ich schlief damals schlecht, wegen der Schmerzen und hauptsächlich aus Verzweiflung. In einer Nacht, die besonders schrecklich war, hatte ich die Eingebung, wenn ich den Gärtner in der äußeren Welt nicht finde, dann kann ich ihm in mir begegnen. Ich dachte, das müsse auf ähnliche Weise möglich sein, wie ich meinen geliebten Apfelbaum in mir lebendig erhielt. So, wie ich mir manchmal Trost holte, indem ich mich in meiner Vorstellung in die Gabelung der Hauptäste setzte und eins mit ihm wurde. Ich stand auf, zog mich warm an und setzte mich an den kleinen Teich, so nah wie möglich an die Stelle, wo mich damals der Gärtner getröstet hatte, als der Baum gefällt worden war. Ich stellte mir vor, er sitze neben mir in seiner grünen Arbeitskleidung. Anfangs funktionierte es nicht. Ich strengte mich mit aller Kraft an, rief ihn, flehte, weinte, doch es endete damit, dass ich durchfroren in mein Bett kroch als die Morgendämmerung kam. Aber es war der einzige Weg, der mir blieb. So wiederholte ich den Versuch, wann immer ich Zeit dazu fand. Ich stand morgens eine Stunde früher auf und rief nach ihm, innerlich, und abends vor dem Einschlafen auch. Ja, und eines Tages war er da. Anfangs war ich nicht sicher, ob ich mir das Ganze nur ausdenke, aber mit der Zeit wurde er immer realer. Er war wirklich da. Seine Gegenwart war tiefer Trost. Er umfing mich und es war alles gut. Ich fragte ihn, wie ich leben solle als Krüppel, der ich bin. Er antwortete, mein Schmerz sei der Weg zu meiner Aufgabe.«

Er schweigt.

»Dein Schmerz ist der Weg zu deiner Aufgabe«, wiederholt Laura. »Was für ein schwerer Weg für jemanden so jungen wie dich damals.«

»Ich suchte Gelegenheiten, mich zu beweisen, vor allem körperlich.

Damals fing ich mit Aikido an. Ich war fast täglich im Dojo, trainierte bis zur Erschöpfung, konzentrierte mich auf den eigenen Organismus, hatte nichts anderes im Sinn als meine körperliche Kraft zu steigern und auszuleben. Darüber hinaus half Aikido mir enorm, Lebensmut und emotionale Stabilität zu entwickeln. Was mich aber letztlich rettete, war die Selbstachtung, die ich im Zusammensein mit dem Gärtner erhielt. Später las ich einmal den Satz: Tritt deinen Unvollkommenheiten mit dem Schwert der Selbstachtung entgegen. Dieser Ausspruch war eine Bestätigung dessen, was ich durchgemacht hatte.«

Ich frage ihn, ob er deswegen Medizin studiert habe.

Kurt nickt. »Ja. Weißt du, ich musste mich entscheiden, ob ich mich weiteren Operationen unterziehen wollte, um vielleicht doch einigermaßen funktionsfähig zu werden als Mann. Hormonell fehlt mir ja nichts. Oder ob ich die Situation akzeptieren sollte, um dem Leben auf einer anderen Ebene zu dienen. Auf jeden Fall wusste ich, ich solle anderen Menschen in ähnlich schwierigen Situationen helfen. So verstand ich den Hinweis, den Schmerz als Weg zu meiner Aufgabe zu sehen. Also hatte ich die Wahl, entweder Chirurg zu werden oder aber Psychotherapeut. Beides erschien mir sinnvoll. Bis zu meinem Abitur hatte ich dann Klarheit. Ich akzeptierte meine Verstümmelung und studierte Medizin, um Psychotherapeut zu werden. Ich hatte gehört, Psychotherapie bedeute, dem Höchsten im anderen zu dienen. Das gab den Ausschlag.«

Während ich noch nach Worten suche, sagt Laura, »Kurt, ich bewundere dich grenzenlos. Was für ein starker wunderbarer Mensch bist du.«

»Jeder Mensch hat diese Stärke, Laura, ich hatte nur den Vorteil, dass das Schicksal mich quasi zwang, sie zu nutzen. Ohne Notwendigkeit lassen wir unsere Fähigkeiten meistens brachliegen.«

Wir schweigen eine Weile. Dann sagt Laura, »Kurt, ich möchte dich noch etwas fragen. Was fängst du mit deiner Sexualität an? Ist es nicht schwer, so zölibatär zu leben, in einer Stadt, wo auf Schritt und Tritt für jeden Mist mit Erotik geworben wird?«

Ich beneide Laura um ihre einfache Offenheit. Ich hätte mich nicht getraut, Kurt danach zu fragen.

»Ach weißt du, Werbung ist nicht so schwer zu ertragen. Aber die Sehnsucht. Am Anfang war es furchtbar. Meine Liebe war ja nicht aus der Welt, nur jede Hoffnung, sie zu leben. Es war, als sei mir alles genommen worden, die geliebte Frau, meine Männlichkeit, die Hoffnung auf Heilung. In den Jahren, die folgten, war es immer wieder ein brennender Schmerz, wenn eine Frau mit mir flirtete, mich offensichtlich wollte. Wenn ihre Bereitwilligkeit meinem Begehren begegnete, das ich doch unmöglich stillen konnte. Süße Dame, es wär so schön gewesen – doch da ist nichts zu machen. Das war schlimm. Bis ich durch das Training lernte, dass wir aus allem, was uns begegnet, ein Geschenk machen können, wenn wir es annehmen. Indem wir den Schmerz überwinden, werden wir gütiger und weiser. Sich dessen bewusst zu sein beschleunigt die Verwandlung von Leid in Segen. Das war die Theorie, und ich übte täglich, sie zu praktizieren.

Schließlich begegnete ich am Grund meiner Sehnsucht einer Liebe, die unermesslich ist. Von der Zeit an verwandelte sich mein Begehren in Dankbarkeit. Ich wurde auf eine andere Weise glücklich, auf eine sehr stabile Weise. Und die Frauen hörten auf, mir schöne Augen zu machen. Die meisten wenigstens. Es war, als sei ich ein Mönch und würde als solcher respektiert.«

»Wirklich?«

»Ich denke, das physikalische Gesetz, dass Sender und Empfänger auf ein und derselben Wellenlänge sein müssen, gilt auch für mentale Phänomene. Als ich an Frauen nicht mehr im sexuellen Sinn interessiert war, verloren die auch das Interesse an mir. Was übrigens die Sexualität angeht, da habe ich mich wegen meiner Patienten, aber auch für mich selbst, gründlich informiert – hab Weiterbildungen in Sexualtherapie gemacht.«

»Was meinst du damit, dass du am Grund der Sehnsucht der Liebe begegnet bist?« will Laura wissen.

»Wenn deine brennende Sehnsucht nicht erfüllt wird, dann tauch ein in sie und geh bis auf ihren Grund. Dort findest du, wonach du dich sehnst.«

»Wie?« frage ich. Nach dem, was ich heute auf dem Vogelsang erlebt habe, ahne ich, was er meint, aber ich möchte es genau verstehen. Heute Abend ist eine Sternstunde, eine einmalige kostbare Chance – vielleicht ist Kurt danach wieder schweigsam.

»Es verhält sich damit wie mit dem Leben selbst. Es gibt nichts, was uns näher ist, und nichts, was wir schwerer erkennen. Wir erkennen es deswegen nicht, weil wir es selbst sind.

Es ist das, wonach du mich gefragt hast, Malte, als wir über Gott sprachen heute Nachmittag. Nur unsere persönlichen Gefühle und Vorstellungen verdecken es. Und wenn wir da hindurchtauchen, dann erreichen wir es. Also: Unter jeder Wut, zum Beispiel, findest du Trauer. Die Intensität der Wut entspricht der Tiefe der Traurigkeit. Und warum ist die Trauer so tief? Weil die unerfüllte Sehnsucht, auf die du unter der Trauer triffst, so groß ist. Warum ist die Sehnsucht so groß? Sie ist so groß wie die Liebe, nach der sie sich sehnt. Wenn du auf den Grund der Sehnsucht gelangst, triffst du auf die unendliche Liebe.«

Er sieht mich an, dann Laura, eine ganze Weile. Und dann, ein wenig verschmitzt, als würde er uns eine Überraschung mitteilen, sagt er, »ganz im Innersten sind wir alle nichts anderes.«

»Wie – was sind wir im Innersten?« fragt Laura.

»Lebendigkeit«, sagt Kurt, »Gegenwart, reine Wirklichkeit.« Er macht eine Pause. »Das Leben selbst, das uns allen gemeinsam ist, so verschieden wir auch sind.«

Laura

Bitte schweigt jetzt, denke ich. Ich schließe die Augen, um klarer zu denken. Ich brauche etwas Zeit. Was Kurt gerade gesagt hat erinnert mich an heute Nachmittag, als ich in Frau Schraders Wohnung wie im Traum das Kind in meinen Armen hielt, das Kind, das ich selbst bin. Zugleich aber wirbelt alles Mögliche durch mein Denken – die Gegenwart dieser beiden Männer, Kurts Schicksal, meine Sehnsucht nach Maltes Umarmung. Ich bin nicht imstande mich zu konzentrieren, und gerade jetzt wäre das wichtig. Wie durch das Donnern von Brandungswellen dringt, was Kurt soeben gesagt hat, als eine sehr zarte klare Melodie von großer Bedeutung. Ich muss das verstehen und ich fasse es nicht, und zugleich habe ich das Gefühl, dass etwas tief innen in mir längst verstanden hat und einverstanden ist. Aber ich erreiche es nicht.

Dann, als lichte sich der Nebel, werden meine Gedanken klarer.

Kurts Schmerz war der Weg zu seiner Aufgabe.

Und ich?

Habe auch ich einen Auftrag, einen größeren als den Beruf und die Ehe, eine Lebensaufgabe? Muss es Schmerz sein, der sie mir zeigt? Maltes Untreue hat mir zutiefst weh getan, so weh, dass ich fast daran zugrunde gegangen wäre. Aber das ist vorbei. Als ich vorhin die Mousse machte, habe ich zum Schluss diesen Schokoladehasen zerdrückt, den Malte Ostern aus der Praxis mitgebracht hatte, wie er vorgab. Dabei erinnerte ich mich an jene schwere Zeit. Ich rührte die Schokostückchen unter die Masse und fühlte die Auferstehung. Kann denn diese lebendige Freude, die seit heute Nachmittag in mir pulsiert, kann nicht auch sie mir den Weg zeigen?

»Was haltet Ihr denn jetzt von Lauras Mousse?« Maltes Stimme holt mich zurück. »Wenn ich mich an ihre letzte erinnere, ist eine ganze Menge von Lauras Liebe darin zu schmecken.«

Au, denke ich. Das ist so platt. Obwohl es stimmt. Ich habe sie vorhin als erstes gemacht, als ich mit den Festvorbereitungen anfing, damit sie Zeit hat, fest zu werden. Ich war so glücklich, so erfüllt von Liebe zu Malte und zum Leben, dass jeder einzelne Handgriff Teil eines Tanzes war. Gut, dass ich in meinem Glück eine große Schüssel gemacht habe, viel zu viel für uns zwei. Als hätte ich geahnt, dass Kurt auch kommt. Was übrig bleibt werde ich ihm mitgeben.

»Soll ich sie holen?« fragt Malte.

Sie ist wirklich gut, fest und dunkel, leicht und schwer zugleich und nur so wenig süß, dass die Schokolade dominiert. Malte und Kurt versichern mir, dass sie phantastisch sei. Ich sehe selbst, wie es ihnen schmeckt.

Malte

Ich hatte gehofft, Kurt werde im Laufe des Abends beiläufig von Freitagabend reden, damit Laura nicht mehr glaubt, ich sei mit Bea zusammen gewesen. Ich hatte mir vorgenommen, selbst darauf zu sprechen kommen, wenn er es nicht täte. Doch der Abend ist von solchem Zauber, dass die Vergangenheit keinen Platz hat. Wir leben in der puren Gegenwart. Jeder Augenblick besitzt eine vollkommene Intensität, und doch fühle ich mich wie im Traum.

Aus heiterem Himmel zerreißt eine Ahnung meinen Traum. Wie, wenn Laura das alles bloß inszeniert hat, um mir das Glück zu zeigen, das ich mit ihr verliere? Wie, wenn sie mir sagt, das war's, das war unser Abschiedsfest, sobald Kurt weggefahren ist? Ich könnte es ihr nicht verdenken. Ich an ihrer Stelle hätte längst mit mir Schluss gemacht. O Gott, bitte bitte erhalt sie mir, bete ich, aber mein Gebet hat nicht die Kraft wie vorhin auf dem Berg. Was war dort oben? Weite, Klarheit, eine Liebe stärker als Schuld, stärker als alles. Wo ist die hin? Jetzt gerade habe ich nur Angst. Und wie schön ist Laura! Sie leuchtet gleichsam. Sie bewegt sich so leicht und anmutig als tanze sie. Vielleicht hat sie sich innerlich schon von mir gelöst, und das Gefühl der Freiheit verleiht ihr diese Leichtigkeit. Laura, Geliebte, bleib bei mir! Ich sehne mich so sehr nach dir.

Wenn sie mich fragt, wieso ich ihr untreu wurde, was soll ich ihr sagen? Ich verstehe mich selbst nicht mehr. Bea erscheint mir als Teil einer fernen Vergangenheit. Habe ich sie wirklich erst vor zehn Tagen zuletzt gesehen?

Ich muss wieder zur Ruhe kommen, in die Gegenwart. Ich konzentriere mich auf das, was ich gerade tue. Ich esse die starke gute Mousse. Ich lasse sie auf der Zunge zergehen, ich versuche, alles andere auszublenden. Es gelingt nicht. Ein Teufel taucht auf aus dem Schokoladengeschmack und sagt, du hast Laura schon verloren. Schon verloren. Schon verloren.

Dann taucht ein zweiter Teufel auf, bösartiger noch als der erste. Er sagt, es ist nur gut, dass Kurt kein vollwertiger Mann ist. Er wäre besser für Laura als ich. Die beiden wären das ideale Paar. Vielleicht werden sie das ja. Vielleicht finden sie einen Weg – Laura hat vorhin ja schon so etwas angedeutet. Und Kurt hat sie mit Aphrodite verglichen.

Herr im Himmel – gib, dass niemand meine Gedanken lesen kann. Das bin nicht ich, der das denkt. Wer aber bin ich dann? Du müsstest dich ansehen, hat Kurt gesagt. Sehe ich mich an, so finde ich Schuld vor Laura und vor Kurt, ich finde Angst, dass Laura geht, und Entsetzen über meine Gefühle und Gedanken. Beten, hat Kurt gesagt. Das war vor Stunden. Jetzt sitzen die beiden da, mein Freund, den ich in Gedanken verrate, und meine Frau, die ich betrogen habe. Was soll ich tun?

»Kurt«, sagt Laura, »du hast deine Aufgabe durch Schmerz gefunden. Glaubst du, dass man sie auch durch Freude finden kann?«

Kurt lässt sich Zeit, schiebt seinen Löffel mit Mousse in den Mund, isst langsam, sieht Laura an. Dann lächelt er. Laura lässt sich davon anstecken, und auf einmal fangen beide laut und herzlich zu lachen an, können gar nicht mehr aufhören. Ich verstehe nichts. Ich fühle mich ausgeschlossen. Worüber zum Teufel lachen die beiden? Über mich?

Ich mache ein möglichst gleichmütiges Gesicht, um meine Eifersucht nicht merken zu lassen. Am liebsten würde ich jetzt weinen. Ich reiße mich zusammen, zähle stumm auf Italienisch von zwanzig an rückwärts: venti, dicianove, diciotto … Das ist meine Methode, mich abzulenken, wenn ich wütend oder traurig bin. Kurt sieht mich an. Er scheint meine Gedanken lesen zu können. Er schaut liebevoll und überhaupt nicht überheblich.

»Ich muss gerade an eine Geschichte denken, die ich vor Jahren gelesen habe, von einem Jungen beim Angeln. Ein Fisch hat angebissen. Als er ihn heraus zieht, sieht er, dass der Fisch die gleiche Mütze auf dem Kopf hat wie er, nur viel kleiner natürlich.«

Was will er mir damit sagen? Bin ich der Fisch an der Angel? »Du Kurt, ich versteh das nicht. Kannst du mir erklären, was es bedeutet?«

»Ich hab das damals so verstanden: was du jemandem antust, das tust du dir selbst an.«

Aha. Kurt hat wohl gespürt, dass ich eifersüchtig bin. Ich erlebe ein bisschen von dem, was Laura gelitten hat in den vergangenen Monaten. Ganz verstehe ich es immer noch nicht. Was ich aber spüre, ist seine Güte, und, dass er mich versteht. Er lächelt, hebt ganz leicht die Hand, spreizt die Finger. Weiter nichts. Aber es ist, als berühre er wieder meine Hand wie in der Wirtschaft, als wir von Gott sprachen. Er schaut mich immer noch an, ruhig und freundlich. Ich atme tief. Das aufgewühlte Meer meiner Gefühle kommt zur Ruhe.

Er nickt.

Laura

Es ist spät geworden. Ich packe die restliche Mousse für Kurt ein. Beim Abschied sehe ich ihm in die Augen und sage, »Kurt, ich bin so glücklich, dass du unser Freund bist. Ich freue mich auf unser nächstes Zusammensein.«

Und wieder, wie beim Blicktausch mit Frau Schrader und mit der Kassiererin, taucht Unendlichkeit in Unendlichkeit. Es ist, als berührten sich unsere Seelen. Kurt lächelt. «Ich freue mich auch auf das nächste Mal. Und dank dir für heute, es war ein großartiges Festessen.«

Als er gegangen ist, sage ich zu Malte, »lass uns ein Glas Wein trinken und dann schlafen gehen. Aufräumen kann ich morgen, wenn du in der Praxis bist.«

»Du hast heute fast nichts getrunken nach dem einen Glas Sekt.« Ich erzähle ihm jetzt nicht, dass ich die letzten vier Tage, seit dem ersten Treffen mit Frau Schrader, keinen Alkohol mehr getrunken habe. Ich tue es für mich. Die Königin trinkt Wein zu Festlichkeiten und nicht, um ihre Verzweiflung zu dämpfen. Deswegen braucht sie keine Bewunderung und keine Kontrolle.

»Kurt wollte ja auch nur Wasser trinken, weil er noch fahren musste. Da hab ich ihn begleitet. Aber jetzt wäre ein Glas Wein zusammen schön. Magst du?«

Als Malte uns eingeschenkt hat, sagt er, »Laura, meine Geliebte, kannst du dir bitte mal vorstellen, wir wären nicht verheiratet. Ich möchte dich fragen, würdest du mich zum Mann nehmen?«

»Ja«, sage ich, »ich nehme dich zum Mann und ich will deine Frau sein.«

Ihm laufen ein paar Tränen übers Gesicht, dabei sieht er ganz entspannt aus und wie erlöst. Ich hebe ihm mein Glas entgegen, sage, »auf unsere Ehe«, und wir stoßen an. Zum zweiten Mal an diesem Tag sage ich, »heute ist der wichtigste Tag meines Lebens.«

Ich denke an Kurt, der jetzt auf dem Weg in seine einsame Wohnung ist. »Was für ein wunderbarer Mensch ist Kurt. Der arme Mann.«

»Er ist reicher als viele andere.«

»Das ist wahr. Er ist reich. Aber denk doch, er hat keine Liebste. Niemand erwartet ihn, wenn er nach Hause kommt. Niemand tröstet ihn, wenn er Kummer hat. Und wenn er krank ist, pflegt ihn keiner.« Während ich das sage, denke ich, das ist es nicht wirklich, wofür ich ihn bedaure. Das sind, so wichtig sie sind, doch immer noch Äußerlichkeiten. Wieso eigentlich dauert er mich?

»Das können wir beide so weit wie möglich übernehmen. So weit er uns braucht. Im Übrigen ist er gut versorgt. Ich denke, Gott selbst trägt ihn in seinen Armen und liebt ihn.«

Einen Moment lang bin ich verblüfft. Malte spricht von Gott so selbstverständlich wie vom Wetter. Das ist neu. Heute ist, scheint mir, alles neu. Als hätten Malte und ich einen Quantensprung erlebt. Ja, sagt die Königin, so ist es, und das Kind in mir, das Kind, das ich bin, das meine Liebe ist, lächelt.

Malte nimmt sein Glas und sagt, »ich möchte mit dir auf Kurt trinken – darauf, dass es ihm gut gehen möge.«

»Auf Kurt!«

Malte erhebt sich. »Komm.«

Wir lassen die halb vollen Gläser stehen.

Wir umarmen uns. Ich vergesse die Königin und das Kind, vergesse alles. Ich versinke im Augenblick. Ich liebe diesen Mann. Ich werde weit und weich. Keine Grenze mehr zwischen dir und mir. Keine Grenze mehr zwischen uns und der Nacht. Der Horizont wird weit, löst sich auf. Nur Licht noch, Licht und Seligkeit. In diesem Augenblick geschieht die Erschaffung der Welt.

Hinweise

S. 23 Ein Schmetterling ruht aus: Ernst Meister, Ausgewählte Gedichte 1932 – 1979, Darmstadt 1979, S. 118

S. 60 Pappritz: Karlheinz Graudenz unter Mitarbeit von Erica Pappritz, Das Buch der Etikette, Marbach 1956

S. 61 Die schönen Tage von Aranjuez: Schiller, Don Carlos, 1. Akt, 1. Auftritt

S. 67 Königin der Fische: Hazrat Inayat Khan in: Paul Reps (Hrsg.), Ohne Worte – ohne Schweigen. 101 Zen-Geschichten, München 1976, S. 207

S. 67 Fledermaus: Ghazzali in Ulrich Holbein, Dies Meer hat keine Ufer, Klassische Sufi-Mystik, Wiesbaden 2009, S. 33

S. 110 Tritt deinen Unvollkommenheiten …: Hazrat Inayat Khan: Gayan – Vadan – Nirtan, Heilbronn 1996, S. 209